RENCONTRE SOUS X

DIDIER VAN CAUWELAERT

Rencontre sous X

ROMAN

ALBIN MICHEL

Le jour où j'ai rencontré Talia, on a fait l'amour devant quarante personnes. Ensuite, on est allés prendre un verre. Et on a fait connaissance.

Elle était née en Ukraine d'une mère mécanicienne et d'un père inconnu, alors à douze ans elle s'était mise au régime et elle avait appris le français. Chaque mois d'avril, un chasseur de jambes venait de Paris pour surveiller sa croissance. Il disait : « L'année prochaine, il faudra que tu aies gagné trois centimètres et perdu deux kilos. » Elles étaient plusieurs dizaines en présélection sur Kiev : une seule serait choisie. Au bout de cinq ans, Talia avait atteint la barre fatidique du mètre soixante-seize et son rêve s'était réalisé grâce à l'anorexie : visa, billet d'avion et contrat d'exclusivité avec l'agence de mannequins la plus top de Paris, qui avait fait faillite après son arrivée. Elle s'était retrouvée sans rien et ne l'avait dit à personne. Pour continuer d'envoyer des mandats à sa mère, elle s'était bourrée de gâteaux et s'était recyclée dans le porno.

– Et toi ? demande-t-elle en pliant la paille de son Coca.

Je prends un air vague. Il y a neuf mois, je valais trois millions d'euros. Aujourd'hui je vaux zéro, mais je n'y suis pour rien.

– Je viens du Cap.

Son visage s'illumine.

– Le Cap-Ferrat ?

– Le Cap tout court. En Afrique du Sud.

Elle attrape une poignée de cacahuètes. Visiblement, je ne lui dis rien. C'est normal. Qui se souvient de Roy Dirkens, aujourd'hui ? J'ai eu trois colonnes dans *L'Équipe* il y a neuf mois ; depuis je n'existe plus.

– Et tu fais quoi, dans la vie ?

– Du foot.

Elle dit « ah » d'un ton neutre en rejetant une mèche en arrière. Je ne sais pas si elle s'en fout ou si elle fait semblant de s'intéresser. Dans le doute, je baisse la tête. Les gens autour de nous, en voyant cette blonde spectaculaire avec un petit frisé bas de gamme en survêt, doivent penser que je la drague et que c'est mal barré. Difficile pour eux d'imaginer que pendant trois heures on s'est envoyés en l'air chaque fois qu'on entendait « Moteur ! ».

Elle regarde les voitures se croiser sur l'avenue, puis me relance d'un ton poli :

– Tu joues quoi ?

– Remplaçant.

Je laisse passer quatre secondes, par dignité humaine, avant de préciser dans un réflexe d'honnêteté :

– Mais en fait, je remplace personne.

Elle mange la dernière cacahuète en suivant des yeux une paire de baskets mauves à talons qui remontent l'avenue. Elle a dix-neuf ans, comme moi, et en paraît dix de plus dès qu'elle parle. Ce n'est pas tellement l'expérience, c'est l'énergie. L'enjeu. Rien ne compte pour elle que l'avenir. Moi j'ai laissé derrière moi tout ce que j'aime et je suis prisonnier d'un présent qui ne veut plus de moi. Elle demande :

– Et pour vivre, tu fais quoi ?

– Rien.

Elle acquiesce par un son bref, lèvres closes, commente mon choix en levant les sourcils, vide son verre et se met à croquer les glaçons. La similitude de nos situations me noue la gorge. Je suis un produit d'importation, comme elle. Mais la différence entre nous, c'est que moi je n'ai rien demandé : un recruteur de Paris est venu m'acheter au hasard en tant que Sud-Africain, pour vendre plus cher les droits de diffusion télé à l'Afrique du Sud. Maintenant que les droits sont vendus, ils n'ont plus besoin de me faire jouer. Il faut dire que dans l'équipe, on est quinze avants-centres. Un pour chaque nation où il y avait des droits télé à négocier. Dans trois mois, si je suis sélectionné, mon club me prêtera à mon pays pour disputer la Coupe d'Afrique : le directeur financier espère qu'en marquant à domicile je ferai remonter ma cote et qu'il pourra me revendre avec bénéfice à Manchester United, qui n'a plus de Sud-Africain depuis le départ de Quinton Fortune. Mais avec ce qui se raconte sur moi, je ne serai pas sélectionné.

– Pourquoi tu es venu en France ? s'informe-t-elle en mangeant sa rondelle de citron. Tu as été chassé par les Noirs ?

Je hausse les épaules. J'avais sept ans quand Nelson Mandela est sorti de prison, à peu près au moment où ils ont annulé l'URSS. Me prendre pour un enfant de l'apartheid est aussi malin que de la regarder comme une vitrine du communisme.

– Je plaisantais, précise-t-elle avec une vraie lueur d'intérêt pour le coup de colère qui m'a échappé. Tu es venu chercher du travail, et t'en as pas trouvé.

J'abaisse les paupières. Ça peut se résumer comme ça. J'ai joué une fois, contre le FC Nantes : ça a provoqué dans une tribune des slogans racistes, ils m'ont expulsé à la dixième minute pour raison de sécurité, et depuis je suis sur la touche.

– Donc, on peut être copains, dit-elle.

Sourcils froncés, je la regarde s'étirer en arrière, pointant vers le ciel ses seins de rêve qui m'ont laissé le goût amer du fond de teint.

– Quel rapport ? je demande.

Elle enchaîne en anglais :

– Si tu habitais le Cap-Ferrat chez des parents friqués, je te draguerais à mort, tu m'épouserais en deux mois et je ne penserais qu'à divorcer pour être tranquille avec ta pension alimentaire. Je n'ai pas de temps à perdre : je ne peux pas être copine avec un riche.

– Je reviens de loin, alors ?

J'ai répondu sur le même ton et en anglais aussi, comme si spontanément, dans notre pays d'accueil, on se protégeait d'un excès de franchise par l'usage d'une langue étrangère. C'est drôle d'employer le mot franchise, alors que je viens de décider de lui mentir. Mais c'est sincère : j'ai adoré lui faire l'amour et j'ai terriblement envie qu'on devienne amis. Je ne vais pas tout foutre par terre en lui révélant qu'aujourd'hui, même si je suis né dans une banlieue pourrie du Cap, je suis en gros, sans savoir où passe mon salaire, le millionnaire de ses rêves. Le prince charmant, pour elle, c'est une pension alimentaire : je n'ai pas envie de la perdre. Même s'il n'y a entre nous, pour l'instant, que trois heures de baise et l'impression, depuis qu'on est habillés, qu'on s'est toujours connus. Comme deux soldats ennemis qui, lorsque leurs armées ont fait la paix, n'ont plus que des points communs.

– Et comment tu es arrivé sur mon tournage ?

Je reviens sur terre dans le bleu glacé de ses yeux. Ce regard incroyable qui me faisait tout oublier quand j'y étais plongé tout à l'heure : les gens autour, la chaleur, les odeurs, les coupures, les raccords maquillage, l'érection marathon. Lorsque je me sentais mollir ou que j'avais peur de jouir avant terme, je n'avais qu'à me concentrer sur les taches jaunes qui brillaient dans le bleu de l'iris pour reprendre le contrôle : les points grandissaient, se déplaçaient jusqu'à former des images dont je forçais la mise au point à coups de reins, pendant qu'on se balançait d'une voix convaincue les bourre-moi-tu-mouilles du scénario.

Elle répète sa question. Je vais pour lui répondre, mais son téléphone sonne. Elle vérifie le numéro qui s'affiche sur l'écran, se lève, me dit de l'excuser et s'éloigne sur le trottoir pour prendre l'appel.

Un frisson de jubilation, tandis que je regarde sa longue silhouette gris ciel, me laisse presque aussitôt une impression de froid et le vide au ventre. Comme si la distance qui se creusait soudain entre nous m'arrachait un pansement. Elle s'énerve, de dos, fait des gestes qui bousculent les passants. Je me dis, à l'instant où elle se retourne vers moi, téléphone à l'oreille, pour me faire patienter avec une moue d'agacement, que c'est peut-être la femme de ma vie. Mais ça m'avance à quoi ? C'est la femme de tout le monde et j'ai honte de ma vie.

La matinée avait commencé comme d'habitude. Réveil, vingt minutes de gym pour faire comme si, et café-tartine au bar de la Grande-Armée. J'étais en survêt noir, les idées assorties, pas rasé, levé pour rien et la journée devant moi. Il n'y avait pas d'entraînement parce qu'on n'avait plus d'entraîneur : c'était le troisième qu'on nous mettait en examen. Cela dit, pour moi, ça ne changeait pas grand-chose. Tout ce que j'avais sur mon planning de la semaine, c'était une convocation au Palais de Justice vendredi matin. Zorgensen, notre gardien acheté cinq millions à la Juventus Turin, dit que, vu les heures qu'on passe en interrogatoires sur les finances du club, ils vont finir par nous coller directement un juge d'instruction en guise d'entraîneur.

Depuis que j'étais sur la touche, j'avais mes habitudes dans ce café beigeasse qui sentait la serpillière et le temps mort. Dès le troisième matin, j'avais trouvé ma place au comptoir, cinquième en partant du percolateur, Jean-Baptiste à ma droite et Bruno à ma gauche ; deux voisins qui ne s'étaient jamais adressé la parole et avaient fait connaissance depuis que j'étais entre eux. Jean-Baptiste était déjà au blanc sec et Bruno à l'orange pressée, « pour les vitamines », disait-il avec un humour dérisoire qui me serrait le cœur. On faisait la gueule de profil, en silence, par pudeur et par mimétisme, un pied sur la barre en cuivre, la tête dans les épaules et le regard à flanc de bouteille, comme tous les matins où il n'y avait pas de neuf.

Bruno était au chômage, Jean-Baptiste en disponibilité et moi j'étais payé à ne rien faire. Je leur avais caché ma situation, par respect envers la leur, et aussi pour me sentir moins seul. Avoir l'illusion d'être plusieurs dans mon cas. Ils ne me posaient pas de questions : leur passé leur suffisait. Jean-Baptiste avait été prof de lettres et Bruno sapeur-pompier. L'un faisait une dépression sous contrôle médical, l'autre était suspendu pour raison disciplinaire. Je n'en savais pas plus. Autour de nous les journaux se dépliaient, se repliaient, des mains cochaient des offres d'emploi ou des cases sur les grilles du Loto. Nous on ne cochait pas : on consommait sans paroles, ou alors on commentait la météo, ce qui reste à ceux qui n'attendent plus rien des autres et ne croient plus en eux-mêmes.

Cette demi-heure de comptoir, au coude à coude entre ces deux paumés qui s'accrochaient pour rien au-dessus du vide, me redonnait, le temps d'un crème et d'une tartine, ce que j'avais perdu depuis que j'étais en France : ma dignité. Ce grand mot prétentieux que je n'osais dire à personne. Ensuite je repartais dans ma vie, à peine réchauffé par la détresse résignée de mes compagnons de touche. Il y avait pire que moi sur terre, ce qui ne changeait pas grand-chose, et je ne pouvais rien pour eux, à part me taire et faire écho. De temps en temps je laissais tomber des billets aux toilettes, mais ils étaient peut-être ramassés par d'autres. Un matin, Jean-Baptiste est remonté en demandant si c'était à quelqu'un. J'ai eu honte de mon geste et j'ai remis le nez dans ma tasse, pendant que des mains se levaient.

Cela dit, depuis le début du mois, Bruno avait changé. Je le sentais qui se forçait à continuer de faire la gueule avec nous, par solidarité. Mais il y avait du neuf pour lui, j'en étais sûr. Il avait dû rencontrer quelqu'un ou retrouver un boulot et il se retenait d'en parler, avec dans les yeux une pitié nouvelle pour mon survêt de glandeur et le veston hors saison de Jean-Baptiste, qui tournait sa vie en rond dans son café refroidi en regardant fondre les sucres. Nos rapports se retrouvaient déséquilibrés, du coup, depuis qu'on était deux sur trois à donner le change.

Ce matin Jean-Baptiste est parti le premier, comme tous les mercredis. Il nous a souhaité bonne journée, il a ramassé son cartable vide, et il est allé pointer chez le psy qui l'écoutait se taire une heure avant de signer sa prise en charge. Alors Bruno s'est penché vers moi et m'a dit : « Faut que j'aille bosser. » Il y avait dans sa voix une intonation qui n'allait pas avec ces mots ; ce n'était pas seulement la fierté d'avoir retrouvé du travail, c'était quelque chose de plus bizarre, de plus provoc. Il m'a proposé de venir avec lui, si je n'avais rien d'autre à faire, pour voir l'ambiance. J'ai dit OK. Il a ajouté : « Ça te changera les idées. »

Et c'est comme ça que je me suis retrouvé assis sur un cube, dans un coin du plateau, à gauche d'un projecteur. Bruno jubilait de voir ma tête, de se montrer à moi dans un univers où il était connu, apprécié, utile. Entre deux prises de vues, il venait me répéter d'un air gourmand : « Tu le crois ce que je fais, là ? » Il jouait le rôle d'un facteur qui apporte un Colissimo. Il sonne à la porte, on dit : « Entrez », il entre. La destinataire est en train de chevaucher un autre postier. Il dit bonjour et qu'il faut signer pour le recommandé. Elle lui dit merci et de se mettre à son aise : il reste un trou de libre. Alors il pose sa casquette et elle accuse réception.

Là-dessus arrive l'agence immobilière pour faire visiter. C'est Talia qui tient le rôle. Elle demande à ses clients, une fille en porte-jarretelles et un type à cheveux gris dans les vingt-cinq centimètres, s'ils sont intéressés. Ils disent que oui et commencent à la déshabiller, encouragés par le trio de la Poste, et les deux équipes s'enfilent tête-bêche de chaque côté du lit.

En fait de me changer les idées, c'était plutôt le contraire. Je m'étais bien mis à bander, mais c'était plus de la nostalgie qu'autre chose. A mon arrivée en France, j'avais eu toutes les femmes qui m'avaient voulu, et puis ça s'était espacé à mesure que je retombais dans l'anonymat. Être assis à regarder jouer les autres, c'est ce que je faisais professionnellement à longueur de match. Bruno me clignait de l'œil en tamponnant sa recommandée. Je lui souriais avec une fierté de supporter, pour ne pas lui faire de peine, mais comme dépaysement c'était raté.

Et puis le type qui visitait a eu un problème, et le réalisateur a dit : « Coupez ! » Talia a cessé de crier son plaisir pour regarder d'un air réservé le gourdin mollissant que retirait son partenaire. L'acteur a demandé une suspension de séance ; il a précisé que ce n'était rien. Il a disparu dans sa loge, pendant que la maquilleuse faisait un raccord à Talia, et il est revenu cinq minutes plus tard, en forme, avec les pupilles dilatées et une gaule impeccable qui est partie en brioche dès la reprise de la scène. Alors le réalisateur s'est mis en colère, lui a dit que s'il était trop vieux pour assurer, il n'avait qu'à prendre sa retraite. L'autre a riposté qu'il était une star. Le gars des lumières a prévenu qu'il n'y aurait pas de dépassement aujourd'hui à cause des récups. Le réalisateur a fixé un ultimatum à l'acteur qui a demandé le silence, repoussé les mains secourables, avalé un cachet et fermé les yeux. Le trio de Bruno continuait de faire l'amour au point mort, avec des regards en coin, attendant que ça reprenne. Au bout de trois minutes, la star a tourné le dos et quitté le plateau, les dents serrées, la bite en berne.

Comme il fallait finir la journée, Talia a proposé d'essayer le type en noir. J'ai mis quelques secondes à comprendre qu'il s'agissait de moi. Le réalisateur m'examinait d'un œil critique.

– Tu as déjà hardé en amat'? Fait des touzes? Tu as ton test?

Bruno était ravi pour moi. Il me traduisait les questions et répondait à ma place : Oui, oui, j'étais un sacré coup, je partouzais grave, j'avais mon test mais j'étais venu sans, je ne pouvais pas prévoir. Talia a fait savoir que, test ou pas, elle ne prenait pas d'amateurs sans capote. Le réalisateur a refusé : ça faisait des reflets. L'éclairagiste a confirmé qu'il serait obligé de changer sa lumière. L'assistante a objecté que pour les assurances, il fallait que je sois couvert. Le réalisateur a hurlé que ce n'était pas possible de travailler dans des conditions pareilles. Un gros en blazer est descendu de l'étage en beuglant qu'il produisait du cul

19

pour se détendre, et que si on lui prenait la tête avec des états d'âme, il foutait tout le monde en sinistre.

Pendant qu'ils se disputaient, Bruno m'a glissé à l'oreille que tout allait s'arranger : c'était le souk habituel mais ils étaient sympas, une vraie famille, et s'ils me trouvaient bon je pouvais facilement me faire comme lui trois fois le RMI au black. Je ne voyais pas trop ce que ça représentait, mais j'ai pris l'air enthousiaste. Il était si heureux que je puisse bénéficier de sa chance. Toutes les déceptions, les humiliations essuyées dans mon club s'évaporaient sous le bon sourire de ce chômeur en fin de droits, qui n'avait trouvé à se réinsérer dans la société que parce qu'il bandait sur commande.

– C'est quand vous voulez, a dit Talia qui attendait, allongée sur le matelas, cigarette aux lèvres.

Tout le monde s'est retourné vers elle. La destinataire du Colissimo a crié qu'en France la loi interdisait de fumer sur les lieux de travail. Talia a tiré sur sa clope en lui conseillant de rentrer dans son pays. Bruno a profité de la diversion pour baisser mon jogging et désigner ma trique au réalisateur en lui rappelant l'heure. Il y a eu un silence. Je m'efforçais de regarder dans le vide pendant qu'ils évaluaient mon profil. Ça me faisait drôle d'être redevenu le point de mire, et de cette façon. Dans un sens, c'était tellement dérisoire que je me sentais vengé. L'assistante a conclu qu'on ne perdait rien à m'essayer, sinon la journée était foutue ; on aurait toujours la solution de me couper si j'étais nul. Une seule chose était certaine, les assurances ne rembourseraient pas la panne de Maximo : il avait une franchise de trois jours.

Apparemment, l'argument a emporté le morceau. Le réalisateur a gueulé : « Maquillage ! » et tout le monde est devenu très gentil avec moi. La scripte m'a expliqué son travail, m'a donné une feuille avec le dialogue de la scène, Bruno me l'a fait répéter, les comédiennes m'ont déshabillé avec des mots flatteurs, m'ont caressé pour me garder sous pression pendant que les techniciens déplaçaient les projecteurs. J'avais presque envie de pleurer tellement j'avais pris l'habitude qu'on m'ignore. Puis la maquilleuse a chassé les filles pour m'attaquer au pinceau avec une compétence bourrue, et je me sentais comme un poulet qu'on badigeonne avant de le mettre au four. Talia, la seule à ne pas s'être déplacée, me souriait avec sympathie quand on croisait nos regards, et m'attendait au lit en faisant des bips sur une Gameboy.

– Vous avez un permis de séjour ? m'a demandé l'assistante.

Ça m'a déçu de constater que mon français n'était pas aussi bon que je croyais. Huit ans de cours acharnés pour parler sans accent la langue d'origine de mon père, en me disant que ça lui donnerait envie de me connaître. Le plus gros échec de ma vie. Il est viticulteur à Franschhoek, près du Cap ; ses bouteilles de château-moulinat-estate racontent sur l'étiquette que sa famille est native de Bordeaux, mais elle a émigré en 1694 et quand, au Salon de la Vigne, je me suis présenté devant lui en français, il n'a pas compris un mot. Je suis rentré chez maman, elle m'a consolé en disant que ce n'était pas de sa faute, et qu'au moins j'aurais appris une langue.

– Prêt à tourner, a déclaré la maquilleuse en ôtant son peigne de mes poils.

– Votre permis de séjour, m'a répété l'assistante. Il est en règle ?

– Oui... Je crois. Enfin, il y a des gens qui s'en occupent...

– Moi je dis ça pour vous, a-t-elle coupé tout en déchirant l'emballage d'un préservatif. On est une des seules prods à faire des contrats et des fiches de paye, mais si vous préférez du black, c'est no problem.

Elle m'a déroulé sa Durex Confort jusqu'au ras des couilles, m'a expliqué mon rôle. J'avais déjà compris l'essentiel en regardant la scène tout à l'heure : j'arrivais pour visiter avec ma femme, je regardais l'appartement d'un air intéressé en imaginant les travaux, puis je découvrais la propriétaire en sandwich entre les deux facteurs, alors du coup je déculottais la fille de l'agence immobilière, et je lui payais sa commission en nature. L'assistante m'a écouté, un peu surprise, m'a félicité d'avoir si bien suivi l'histoire, mais m'a dit que ce n'était pas vraiment utile d'exprimer tout ça : on me prendrait juste en gros plan ; j'étais queue de secours.

– En longueur il ne sera pas raccord, a glissé la scripte.

– Je le prendrai déjà *in*, l'a rassurée le cadreur.

– Cool, a dit la scripte en griffonnant sur son scénario. On pourra monter le plan d'intro de Maximo.

– C'est ça, faites la mise en scène ! a grincé le réalisateur. Et la capote, je la rajoute en incrust' ?

– Ah oui, y a ça, a soupiré la scripte avec lassitude, avant d'aller mordre une barre chocolatée.

– En place ! a crié le réalisateur.

Et je me suis retrouvé dans le corps d'une inconnue qui m'a demandé mon prénom.

– Roy.

– C'est le diminutif de quoi ?

– De rien.

Elle a ondulé sous moi pour me redonner un maximum de raideur avant la prise. Ce n'était pas désagréable, mais je ne sentais pas d'excitation spéciale : je bandais à vide. C'était peut-être la timidité, la volonté de faire croire que j'étais à l'aise, pas ému, pas bluffé, zen et fiable. En fait c'était exactement l'état dans lequel je me mettais, autrefois, en entrant sur le terrain. J'entendais dans ma tête la voix de Chaka Natzulu, mon vieil entraîneur de Salt River, quand il revivait ses matchs dans son fauteuil roulant. Les autres le prenaient pour un gâteux qui se la jouait, mais moi il m'a tout appris entre neuf et douze ans. La concentration, l'image mentale, la façon de neutraliser les autres en anticipant l'action... « Tu envoies tout le monde dans le futur que tu as décidé : goal, défenseurs, équipiers, et tu laisses ton corps tirer le but que tu as déjà marqué en esprit. Si tu doutes, ça ne marchera pas. Si tu as confiance dans ton pouvoir, personne ne pourra arrêter ton ballon. » En quinze ans de carrière, Natzulu n'avait jamais raté un tir préparé de la sorte. A l'Ajax Cape Town, j'en réussissais trois sur cinq. Il disait que je n'irais pas au-delà parce que j'étais blanc ; il me manquait l'injustice, l'horizon barré, la mémoire des chaînes dans mon sang : tout ce qui nourrit la magie bantoue. « Jamais tu ne seras un vrai Noir, mais tu peux être le meilleur chez les Blancs. » Pour ce que ça m'a servi.

– C'est vraiment ta première fois ? a questionné Talia.

– Oui.

– Moi aussi.

Elle a vu que j'étais sceptique et elle a précisé sa phrase : c'était la première fois qu'elle allait tourner avec une première fois. Ça m'a mis en confiance et je lui ai demandé si je devais faire quelque chose de spécial.

– Non, tu me baises comme dans la vie. Sauf que là, c'est ni pour toi ni pour moi : c'est pour exciter ceux qui nous matent. Alors tu te contrôles et je me force. Glisse un peu sur la droite, que je monte ma jambe.

Elle a modifié notre position pour qu'on ressemble au Polaroïd que lui tendait la scripte. Puis elle m'a demandé combien de temps j'arrivais à me retenir. J'ai répondu que je ne m'étais pas chronométré.

– Je t'aiderai.

Je l'ai regardée pour la première fois. Je veux dire : regardée vraiment, pas seulement en détail, pas seulement les seins aux pointes sombres, les cuisses longues et la chatte épilée. J'ai vu ses yeux. Sa dureté, ses colères froides, sa gentillesse, les soleils de rire allongeant ses paupières et les plis d'amertume qui fermaient sa bouche. Elle avait tout vécu, tout connu, tout compris. Elle n'avait plus d'âge et c'était encore une gamine.

– Le silence ! a crié l'assistante.

– Moteur ! a dit le réalisateur.

– Ça tourne, a répondu une voix.

– Annonce !

– Vingt-quatre, deuxième.

– Partez !

Elle m'a laissé sur place. Déchaînée, elle

braillait, ruait, se cabrait comme si on baisait depuis vingt minutes. Moi qui en étais encore à anticiper l'action, j'avais oublié qu'on reprenait la scène en cours et que l'échauffement s'était fait avec un tiers dans une autre prise. Ses saccades, ses torsions, ses coups de vrille avaient balayé toute ma stratégie de sang-froid.

– Défonce-moi comme une salope, vas-y, plus fort ! Plus fort ! Pas besoin de t'agiter comme un malade, a-t-elle enchaîné entre ses dents, claque mes cuisses quand je les referme et ça la joue. Ton texte.

J'ai chuchoté dans ses cheveux, tandis que le cadreur se rapprochait de nous :

– J'sais plus...

– Fais comme moi, fais des *h*.

Elle s'est lancée dans une série de « Ha ! » et de « Ho ! » où je l'ai suivie de mon mieux, essayant de varier l'intensité. J'étais ballotté entre l'excitation, le ridicule et la chaleur des spots qui commençaient à me cuire le dos.

– Cul caméra ! a ordonné le réalisateur.

J'ai interrogé du regard Talia qui m'a traduit dans un murmure :

– Moi sur toi. Changement d'axe : t'as le droit de demander une pause. Sinon il va nous la faire plan-séquence, tu tiendras pas.

J'ai dit que ça allait, merci ; elle a dit bon, on a pris notre élan dans nos yeux pour être synchro sans déjanter ni cogner le trio d'à côté, et on a basculé. Dans cette position, c'est elle qui faisait le travail, je me suis laissé aller à profiter un peu de la vue et j'ai eu tort. Elle l'a senti tout de suite et, sans baisser la cadence, elle a relâché ses muscles autour de moi. Lèvres mordues, mâchoires crispées, le regard absorbé dans les taches de ses yeux, j'ai bloqué les freins tandis qu'elle m'enfonçait un doigt entre deux côtes. Dès que j'ai repris le contrôle, elle a resserré les cuisses et on est repartis pour un tour.

– Écarte ses fesses, qu'on lui voie le trou, a commandé le réalisateur qui fixait l'écran de contrôle.

J'ai obéi, en glissant un œil vers le cadreur agenouillé au pied du lit.

– Talia, tu tournes la tête caméra et tu allumes le spectateur, genre : c'est toi qui m'encules, sers-toi. Voilà, super... Mais qu'est-ce qu'il fout, l'autre, il vient aux nouvelles ? Sors ta tête du champ, Ducon ! Le plan c'est ta pine : le reste tu te le gardes !

J'ai remis ma tête sur l'oreiller, plus confus que vexé.

– A part ça tu assures, tu es nickel chrome ! s'est radouci le réalisateur. On dirait que t'as fait ça toute ta vie... Suce-lui les loches, maintenant, vas-y. Lucas, tu passes en dessous, tu m'attrapes sa langue et les pointes sans perdre le cul, géant ! Allez, on se la tente en pano rotatif gauche-droite pour choper Mélody en levrette au second plan, génial, garde sa queue en amorce avant de refaire le point, c'est quoi son prénom ?

– Roy, a répondu Talia qui avait la bouche libre.

– Roy, tu la laisses faire, elle se met accroupie sur toi, voilà, tu lâches les nibs et tu t'écrases la tête au max dans l'oreiller pendant qu'elle se branle : on est subjectif toi.

J'ai récapitulé ses ordres tandis que la caméra glissait le long du lit pour venir se coller au-dessus de mon nez. J'ai pris appui sur les talons et creusé les reins pour m'enfoncer dans le matelas, bloquant ma respiration de peur de faire bouger l'image.

– Tu échappes Mélody quand je te le dis, et tu bascules le point sur Talia-clito subjectif Roy. Go ! Attends, les enfants, c'est le plan du siècle ! Empale-toi plus lent, Talia, qu'on profite...

Et ça a continué comme ça dans tous les sens, à tour de rôle ; j'étais à la fois spectateur, acteur, instrument et ailleurs. J'étais hors du temps, je ne sentais plus la fatigue, les crampes ni les montées de plaisir ; plus ça devenait chaud et mieux je gardais mon sang-froid : enfin ma forme physique servait à quelque chose, mes années d'entraînement, de contrôle et d'interceptions... J'adorais jouer avec cette fille qui continuait de me coacher à mi-voix, me conseillait des feintes, des accélérations, des attaques ou des replis, comme si on faisait équipe depuis des mois. J'adorais le plaisir qu'on donnait en spectacle parce que ce n'était pas du plaisir et c'est ça qui me plaisait. C'était de la compétence, du travail de pro et de l'esprit collectif. J'avais connu cette fusion des énergies sur le terrain, jamais dans une femme. Le tout était de savoir si les émotions que je découvrais étaient liées à Talia ou simplement au fait de baiser en public.

– Super, les enfants, on conclut !

– J'en peux plus, embraye Talia, je peux plus me retenir... Viens ! Viens ! Viens !

Je vais pour la suivre, mais elle me prévient dans le creux de l'oreille :

– N'éjac' pas, fais semblant : il reste un plan. Ouiii ! crie-t-elle en plantant ses ongles dans mon dos.

Et je hurle en me servant de la douleur pour faire croire que je jouis.

– Coupez ! Ça va toujours, le nouveau, t'as gardé la sauce ? Impec ! Raccord maquillage, Talia, et on te fait un serré pendant que tu le suces.

– Un coup d'eau, Florence, merci, lance-t-elle à une stagiaire en m'éjectant.

– Elle va le pomper couvert ? laisse tomber l'éclairagiste avec un ton de sarcasme.

Regard du réalisateur à Talia qui hausse les épaules. Elle avale une gorgée de Vittel et me laisse aux mains de la maquilleuse qui me décapote et me repoudre.

– On n'est pas du plan ? s'informe Bruno.

Le réalisateur fait non de la tête, l'assistante libère le trio postal qui se déboîte, et Bruno m'indique d'un double signe du pouce que je lui fais honneur et qu'il m'attend dans les loges.

– En place !

– Dans dix minutes on coupe, prévient l'éclairagiste.

Talia m'embouche et là, privé d'isolation latex et de conseils à mi-voix, j'ai un peu de mal à freiner. D'autant plus que l'autre nous met la pression avec une voix de supporter :

– Vas-y, tu aimes ça, il adore, il va décharger comme une bête, oui, c'est ça, plus fort, vas-y ! Roy, au dernier moment tu sors et tu lui gicles en pleine gueule.

Je regarde Talia qui s'est crispée sans ralentir la cadence.

– T'es OK ? je lui demande d'une voix gênée.

Elle remonte la langue d'un coup sec façon fouet, pour me glisser discrètement avant de replonger :

– Évite les cheveux.

– Faux-raccord, objecte la scripte.

– OK, l'éjac' on la fera *off* demain, décide le réalisateur. Roy, tu te retiens jusqu'à la coupure et c'est bon.

Je lève le regard au plafond, et m'abrutis dans les spots en m'efforçant de penser à autre chose pendant que Talia met le turbo. Le FC

Nantes, mon premier et seul match sur le sol de France, la tribune de fachos avinés qui m'acclament comme un héros de l'apartheid, l'irruption des flics à matraque, mon expulsion du terrain...

– Coupez !

J'empoigne la tête de Talia, et me vide avec une rage décuplée par ma haine contre les salauds qui ont cassé mon rêve d'enfant.

– Journée terminée ! lance l'assistante. Merci à tous, à demain huit heures.

Les projecteurs s'éteignent, et les techniciens enroulent leurs câbles.

– On le reprend ? demande Talia au réalisateur.

– Va voir avec la prod, me dit-il en tournant le dos.

L'assistante me donne une serviette et m'indique la douche. Au milieu du couloir des loges, une porte est ouverte, marquée « Maximo Novalès ». Dans le miroir, je croise le regard du comédien que j'ai remplacé. Immobile dans une veste en cachemire, les coudes sur la table de maquillage et les joues dans les mains. Il me fixe un instant, puis détourne les yeux, replonge dans son reflet. Voûté, l'air absent, le visage dépoudré, les rides qui dévalent. Je trébuche sous la bourrade de Bruno qui revient de la douche.

– C'est un cador, mon pote, hein ? lance-t-il d'un air triomphant à Talia qui passe en pei-

gnoir. Franchement, quand on le voit, on pense pas...

Elle l'interrompt en lui enfonçant le doigt sous la glotte :

– Toi, tu t'avises plus d'essayer de m'enculer quand c'est pas sur le plan de travail, OK ?

Et elle s'enferme dans sa loge.

– Bien gaulée mais pas cool, commente Bruno. C'est ça, les filles de l'Est : y a que le pognon qui les motive. Demain, essaie qu'on te branche avec Mélody : ça c'est une vraie chaude qui mouille pour ce qu'elle fait. Allez, viens, mon ami, rince-toi et je t'emmène à la prod, que tu te fasses pas arnaquer.

Dix minutes plus tard, je signais une feuille et je repartais avec une enveloppe de billets.

– Franchement, t'as déjà gagné ça pour trois heures de boulot ? se réjouissait Bruno.

J'ai fait non de la tête. C'est ce que je laisse comme pourboire aux garçons de restaurant.

– Faut que je file, j'ai un casting chez Pino Colado : je te le présenterai à l'occasion si tu veux percer, c'est le roi du SM gore, mais y a le temps. Vaut mieux que tu fasses tes armes dans une prod pépère comme celle-ci. Pino, il prend que des pros. Tu fais quelque chose, après ? Viens à ma salle de muscu, 12 rue Coiffard : je te montrerai des trucs. T'as des dispositions, j'dis pas, mais t'as pas la technique pour durer huit heures. La vraie baise, mon pote, ça se travaille aux instruments.

Dis-toi bien qu'un hardeur digne de ce nom, c'est pas un queutard, c'est un athlète. Vu ?

Je l'ai regardé filer vers la sortie, embrassant tout ce qu'il croisait, cherchant les absents et donnant des bises à faire de sa part. C'était bon de voir quelqu'un ressusciter. En même temps ça me rendait triste.

Talia est sortie de sa loge, en chignon, jean velours et pull gris, couffin d'osier en bandoulière. Elle a stoppé devant moi. Une gêne s'est installée entre nous, pour la première fois. De mon côté surtout – elle, elle m'avait déjà vu habillé. Deux autres comédiens sont passés dans le couloir, nous ont contournés. Je lui ai dit, un peu bêtement :

– C'est gentil de m'avoir invité pour demain.

Le mot « invité » l'a fait sourire. Ou le mot « gentil ».

– Faudrait quand même que je te briefe sur deux-trois points.

J'ai écarté les mains, les ai laissées retomber d'un air ouvert aux critiques.

– Quand tu veux. On prend un verre ?

Elle revient, pressée, se rassied, éteint son portable, fait signe au garçon de se grouiller pour la note. Je sors un billet de ma poche, lui rappelle que je n'ai pas répondu à sa question.

– Quelle question ?

– Comment je suis arrivé sur ton tournage...

Je prends ma respiration, mais elle regarde l'heure et m'abrège :

– C'est ton pote Bruno qui t'a dit : « Viens te rincer l'œil », c'est ça ?

Un peu cueilli, je ravale ma phrase et j'admets. Elle bondit soudain vers la chaussée, arrête un taxi d'un coup de sifflet qui fait se retourner cent personnes, revient vers moi.

– Écoute, je suis à la bourre : ils m'avancent ma séance photos. Mais j'ai pas envie de te quitter comme ça, tu m'accompagnes ? Ou tu avais prévu autre chose ?

J'empoche la monnaie en me levant avec un sourire décalé. Moi qui m'enfonce depuis des mois, j'ai un peu de mal à m'adapter à l'incroyable santé qu'elle dégage. Pour reprendre l'avantage, je lui dis avec un minimum d'orgueil que j'avais des projets, oui, mais que je peux en changer. Et j'ajoute dans le genre banal : laissons faire le hasard qui jusque-là nous a plutôt souri.

– Non.

Une gravité soudaine a tendu son visage. Elle n'a plus rien de sensuel, d'impatient, de tonique. La gravité lui donne un air d'enfant battue, une fragilité que je ne lui ai pas encore vue.

– Non quoi ?

– Ce n'est pas le hasard.

Elle ouvre la portière, me pousse à l'intérieur, donne une adresse au chauffeur et me rejoint sur la banquette.

– Ce n'est pas le hasard si tu as remplacé Maximo.

– Ah bon. Il a souvent des problèmes ?

– Il n'a aucun problème. A cinquante-sept ans, c'est encore l'un des meilleurs du métier. Trois fois Zob d'Or au Festival de Hambourg. Je suis un peu vache, mais bon. Faut bien que je pense à moi.

J'essaie de démêler ses phrases pour leur donner un sens. Au feu rouge elle me prend la main, me soulève un doigt après l'autre.

– Garde-le pour toi, mais je lui ai fait le point O.

– Le... ?

– C'est un point d'acupuncture. O comme

« out ». Tu vrilles entre les deux vertèbres, ici, et le mec débande en trois secondes.

J'avale ma salive, croise le regard du chauffeur qui nous écoute d'un œil rond dans le rétro.

– Pourquoi tu as fait ça ?

– A ton avis ?

Je détourne les yeux, gêné par l'émotion qui monte dans ma gorge.

– Tu... tu veux dire qu'en me voyant, comme ça, tu as eu envie qu'on fasse l'amour ?

– Oui. Je me disais que fatalement, tu aurais une bite moins grosse.

Je déglutis, lui réponds dans le genre fair-play que je suis très flatté.

– Tu peux. Là, j'ai des photos-tests ventre-plat pour Danone, hyperimportantes : j'avais pas envie de m'épuiser avec l'autre. Toi au moins, tu m'as détendue.

Elle m'embrasse sur la joue. On roule au pas dans les embouteillages. Elle refait son maquillage, sifflote les chansons de l'autoradio. Moi j'essaie de me remettre en ordre : c'est difficile de reprendre goût à la vie quand on s'est cru fini.

– T'as presque pas d'accent, remarque-t-elle alors que je n'ai rien dit depuis cinq minutes.

– Toi non plus.

– Merci.

– Tu as des diplômes, en français ?

Elle hausse les épaules.

– Si tu crois que les filles de l'Est, c'est leurs diplômes qui intéressent la France...

Il y a une tristesse terrible dans sa voix. Pas la tristesse d'être à la place où elle est, mais celle d'avoir sacrifié le reste. Elle assume le présent, elle est mal dans le passé. Le contraire de moi. Ça ne veut pas dire qu'il y ait un avenir entre nous, mais c'est déjà un départ.

– On se revoit demain, alors ? dis-je pour confirmer.

Elle a un claquement de langue, range son crayon à paupières, referme son poudrier et le jette dans le couffin. Elle me regarde par en dessous avec contrariété. Elle ouvre la bouche, soupire en se détournant.

– Écoute, fait-elle sans quitter des yeux la notice collée sur la vitre en cas de réclamation, j'ai dit ça sur le moment... Oublie...

– Pourquoi ?

Le genre cri du cœur. Avec l'aigu qui dérape sur le « oi ». Ça m'a échappé et je me sens ridicule. Elle se retourne et me dévisage, aussi agacée que moi par ma réaction.

– Tu veux quoi ? Faire comme ton pote ? Tu as vraiment envie de devenir hardeur ?

Je réponds d'un geste vague. J'ai surtout envie de la revoir, mais je ne voudrais pas qu'elle pense que je l'assimile à son métier. Et puis je n'aime pas son ton de grande sœur qui sermonne.

– Tu sais pas ce que c'est, ce milieu. Tu as

eu le top, aujourd'hui : un réal qui se prend la tête avec ses plans, des mecs polis dans une jolie lumière, des filles lavées qui niquent du bout des fesses, genre je réalise mes fantasmes et j'ai gardé ma fraîcheur, mais l'abattage, tu as aucune idée de ce que c'est. Les gonzos crades, les tournages gore pour l'export, le sado-scato, les fists et les pieds dans le cul jusqu'à la cheville...

Le taxi monte le volume de sa radio. Talia hausse le ton :

— Le quarté, tu connais ? Double pénétration dans chaque trou. Tu ajoutes la bouche, tu as un sextet, et bien contente si on te laisse le nez pour que tu respires. C'est ça le marché, aujourd'hui, et les filles qui vivent que de ça sont bien obligées de suivre, et les mecs se gavent. Pour un type sympa comme ton ami Bruno, limite SDF et qui en revient pas que d'un coup on le paye pour troncher des belles nanas, et qui nous dit merci à chaque fin de scène, combien tu en as qui nous humilient, qui nous blessent, nous tabassent, nous déchirent, nous violent légal, nous contaminent exprès pour se venger de leur vie de merde ? C'est ça qui te branche ?

J'aimerais bien lui dire que dans le foot, tout n'est pas rose non plus, mais le besoin de me confier est bien moins fort que celui de gagner sa confiance.

— A moins d'être un miraculé du cul dans le

genre Bruno, ou d'avoir un QI de vingt-huit centimètres comme Maximo Novalès, qu'est-ce que tu peux attendre de ce métier ?

– Et toi ?

J'ai posé ma question le plus doucement possible, mais il y a quand même du reproche dans ma voix. De l'incompréhension, en tout cas.

– J'attends rien, moi. Je passe ! Je me raconte pas d'histoires comme toutes ces connes qui s'imaginent qu'en étant connues dans le X, elles vont faire carrière ensuite dans le traditionnel. Ça marche jamais, Roy, jamais ! Toujours t'auras le cul marqué sur le front, et si on t'engage c'est pour que tu fasses ce que les actrices normales refusent de faire. Moi je me suis donné trois ans pour ramasser le max de fric et me brancher sur tous les carnets d'adresses et les plans boulot que je peux. Entre-temps je bosse comme une malade pour me cultiver, être sortable, avoir l'air et faire honneur : dans trois ans je m'agrafe un vieux de la jet-set, je le passe devant le maire, je lui ensoleille ses dernières années, je lui paie le plus bel enterrement de sa vie et ensuite je m'achète ma maison, je vis comme je veux, je suis tranquille et je vous emmerde. Tranquille, tu entends ?

Les larmes sont venues dans le cri de la dernière phrase. A peine des larmes : deux reflets aussitôt disparus comme la buée sur un pare-brise.

– Excuse-moi, dit-elle d'un ton sec. Mais ça me tue, les gens comme toi qui ont pas la rage.

– Qu'est-ce que tu en sais, si j'ai pas la rage ?

Elle arrange son col, refait son chignon qui s'éboule de plus belle, s'accoude sur ses genoux, couche la joue dans sa main et me regarde avec un genre d'espoir.

– Tu la caches bien, en tout cas.

– J'essaye.

On laisse revenir le silence entre nous, comme un retour de confiance.

– C'est vraiment bouché, remarque le chauffeur.

– Tu m'en veux pas, Roy ?

– Non. Je m'inquiète un peu pour toi, c'est tout.

– Je vais très bien, dit-elle froidement. Je fais mon test toutes les trois semaines, c'est OK. Et quand j'ai un doute sur un mec, je lui sors que je suis née à trente bornes de Tchernobyl, et du coup c'est lui qui exige la capote. De toute façon je fume un paquet et demi, je bouffe des vaches folles, des légumes trans, je respire de l'amiante et je me nique le cerveau avec mon portable. Jamais on sait de quoi on crèvera en premier, alors autant s'en foutre, non ?

Je lui réponds qu'en ce qui concerne les téléphones portables, on n'est pas encore sûr que ça soit dangereux pour l'usager.

– Ça l'est pour les fantômes. Je te signale qu'en Angleterre, les scientifiques viennent de prouver que dans les maisons hantées où les gens ont des portables, les apparitions ont diminué de moitié ! Je vais descendre là, monsieur : j'arriverai jamais, sinon. Vous me faites une fiche, s'il vous plaît. Tu gardes le taxi ?

– Non, non, c'est bon.

Le chauffeur rédige le reçu tandis qu'elle se déchausse et prend dans son couffin une paire de rollers.

– Tu fais ce que tu veux, Roy, en fait. Je me suis bien entendue avec toi, ça me gêne pas qu'on rebaise, mais j'aimerais qu'y ait autre chose entre nous. Si on doit devenir copains, ça serait mieux que tu aies un métier qui me change. Footballeur, ça me va bien. Entraîne-toi, donne-toi, j'sais pas, deviens bon, si c'est ta passion. Moi j'en ai pas de passion, c'est ça mon problème. J'ai jamais rêvé que d'une chose, me barrer. M'en sortir. Et vu d'où je viens, j'avais que mon corps. Merci, dit-elle en empochant le reçu.

– Je peux vous demander un autographe ? Je m'appelle Bernard.

Elle tire une photo de son couffin, écrit son nom avec plein de zigzags autour. Je sors, contourne la voiture, ouvre sa portière. Mon téléphone sonne dans ma poche. Je plonge la main pour l'éteindre. J'aime bien qu'elle s'inquiète de la disparition des fantômes, là où les autres s'angoissent pour le réchauffement de la Terre.

– A la prochaine, dit-elle sur le trottoir en pivotant sur ses roulettes.

– A demain, dis-je d'un ton net.

Elle me sourit en coin, hoche la tête.

– Si tu le sens.

– C'est ton vrai nom, Talia Stov ?

– Version courte. L'intégrale c'est Natalia Stovetzkine.

Elle patine sur place en balançant ses bras, claque dans ses mains, hésite. Je dis : « Oui ? » pour l'encourager. Elle s'accroche aux cordons de mon survêt.

– On n'aurait pas déjà baisé, je te draguerais bien.

– Ça t'a plu moyen, quoi.

– Je te parle pas cul, je te parle fantasme. Tu as l'air tellement clair, tellement bien dans ta petite vie nulle, à rien prendre en main... Comment tu fais pour être si cool ? Tu as pas de rage et tu as même pas de tristesse. Tu es un Martien pour moi.

Je baisse les yeux. C'est fou que ma tête exprime si peu ce que je suis à l'intérieur. Si elle me refuse la rage et la tristesse, je ne vois pas trop ce qui me reste. A moins qu'elle perçoive celui que j'étais avant. Ou qu'elle anticipe, si on veut être optimiste. Après tout, qu'est-ce qui m'empêche de foutre en l'air le système qui s'est servi de moi, de vider mon sac vendredi devant le juge d'instruction, de cracher ma vérité aux journalistes, ou de faire pression par le chantage sur le président pour qu'il me laisse rejouer et que je prouve à tous que sur la pelouse c'est moi le meilleur ? Oui, mais si je reviens dans l'actualité et que Talia découvre à la télé combien je gagne en réalité, je ne me vois pas survivre à mes mensonges. Et vraiment, là, en ce moment, ce qui compte le plus pour moi c'est de rester un Martien pour elle.

– Tu sais jouer au Trivial Pursuit ?

Je réponds non, histoire de lui dire une fois la vérité.

– Je vais t'apprendre. Viens chez moi à neuf heures, je te ferai un dîner. A moins que tu aies une fiancée ?

Elle m'a posé la question d'un coup de cils. Je secoue la tête, lui demande son adresse. Elle me l'écrit sur la main, avec son numéro de téléphone. Puis elle part en slalomant entre les voitures à l'arrêt, son couffin d'osier ballotté à chaque poussée de rollers. Je me demande ce qui peut se passer entre une fille et un type qui ont pris l'amour à l'envers, qui ont commencé leur relation par ce qui en est normalement l'aboutissement. Que va-t-on faire du temps qu'on n'a pas mis à se désirer, à se rêver, à s'attendre ? Je ne sais vraiment pas si c'est du temps gagné ou du temps perdu.

Je suis rentré chez moi, complètement bizarre. « Chez moi »... Ça ne veut rien dire. C'est comme quand je dis « nous » en parlant de l'équipe. Un duplex-terrasse de quatre cents mètres carrés décoré Provence et colonnes grecques, au sommet d'un immeuble à gardes du corps avec vue sur les arbres décapités du bois de Boulogne. L'agent qui m'a pris en charge, à mon arrivée à Paris, m'a emmené directement ici. C'était l'appartement de Tor-cazzio, le défenseur central qu'ils venaient de solder au Rapid Bucarest à cause de ses tendi-nites. Il avait une Ferrari dans le garage. Notre agent m'a demandé si je la reprenais aussi. Tor-cazzio avait l'air si anéanti, voûté sur sa chaise paillée, que j'ai dit oui. Le tout serait prélevé sur mon salaire. On a signé les papiers entre nous sur la table de marbre : c'était un transfert d'actions qui me rendait majoritaire dans la société possédant le duplex et la voiture. En partant, les yeux humides, Torcazzio m'a recommandé d'y aller doucement : la Ferrari était en rodage. Je l'ai rassuré d'un sourire. Elle ne risque rien : je n'ai pas le permis.

Je tourne en rond, dans ce décor d'un autre où je n'ai rien changé. Même la chambre du bébé que sa femme attendait est restée en l'état, avec le papier peint rose à nuages verts, le berceau, le parc à jouets, le mobilier miniature et le système de vidéosurveillance. Ça me fout le cafard mais ça me déprimerait encore plus de vider la chambre – pour en faire quoi ? Il suffit de laisser la porte fermée à clé, pour éviter les questions des filles d'un soir qui fouillent le matin. Et puis le problème ne se pose plus, depuis des mois. Autant ça m'a plu de sauter toutes les groupies du club qui me sont tombées dessus à l'arrivée, moi qui étais monogame au Cap, autant l'envie m'est passée quand il n'y a plus eu de demande, parce que je n'étais jamais sélectionné et que les filles ne faisaient pas de jalouses en sortant avec moi. Finalement j'aime le plaisir que je donne, je crois, plus que celui que je prends, alors autant me le donner tout seul. Mais je ne suis plus sûr de rien, depuis que j'ai rencontré Talia.

C'est incroyable comme elle me manque, et ça fait à peine quarante minutes que je l'ai quittée. Je suis dans un état de nerfs, d'excitation qui n'est même pas du désir ou de l'impatience. Peut-être parce que je ne sais pas du tout où on va et que, vu d'où on est partis, ça ne ressemble à rien de connu. Le résultat est que j'étouffe encore plus que d'habitude entre ces murs de luxe. Jamais je ne me suis senti aussi étranger dans ma vie. Comme si tout à coup j'avais trouvé une compatriote.

Le chien passe une tête au salon, s'approche lentement du divan où je me suis avachi, respire mes pieds d'un air prudent. C'est triste, un chien qui ne vient jamais vous accueillir à la porte. Il faut toujours qu'il se planque dix minutes avant de tenter une reconnaissance. Il est à moi, lui, pourtant. Enfin, « à moi »... Disons que je l'ai choisi. La seule vraie décision que j'ai prise depuis que je suis en France. Recueillir un teckel à moitié bouffé par des pitbulls et tout faire pour le sauver. J'aimerais bien un peu de confiance en retour – peut-être qu'un jour ça viendra. En quatre mois les blessures ont cicatrisé, pas la peur. Il refuse toujours de descendre sur le boulevard, à cause des autres chiens. Il fait ses besoins dans une caisse, comme un chat. Il n'est plus de sa race. J'essaie de le raisonner, mais dans le fond je m'identifie.

Je recopie sur un papier l'adresse et le téléphone que Talia a écrits sur ma main, puis j'écoute les messages. L'attaché de presse du club me dit que je remplace Kigaou lundi soir. Sidéré, incrédule, je prends dans mes bras le chien qui se débat, mais l'espoir retombe à la fin de la phrase. Ce n'est pas un match, c'est un défilé. Ils présentent la collection sportswear d'un sponsor au Carrousel du Louvre. Deux messages plus loin, Kigaou a pu se dégager, et l'attaché m'annonce d'une voix contente que je suis libre, comme si c'était une bonne nouvelle.

Vingt fois, dans les semaines qui ont suivi le match contre Nantes, je l'ai supplié de faire un communiqué de presse, un rectificatif pour dire que j'étais la victime et pas le responsable de l'émeute raciste dans les tribunes. Il m'a dit oui, oui, je m'en occupe, et il n'a pas bougé. Je me suis plaint à mon agent qui m'a conseillé de faire le mort, le temps qu'on oublie l'incident : c'était l'intérêt du club comme le mien, à l'entendre, sauf qu'à la longue c'est moi qu'on a oublié, et comme il représente neuf joueurs dans l'équipe, ça ne le gêne pas trop qu'on me paie à ne rien faire, au contraire. Ça lui laisse du temps pour s'occuper des autres. Quand je lui demande de me transférer dans un club moins prestigieux, où je servirais à quelque chose, il me traite d'ingrat. Il met tant de bonne foi à justifier ce qu'il gagne sur mon salaire que ce n'est pas la peine que je discute. De toute façon, j'appartiens à mon club pour trois ans mais mon agent, lui, m'a fait signer pour la vie. Il paraît qu'il n'a pas trop le droit, seulement comme de mon côté, grâce à lui, je ne suis pas non plus vraiment légal question impôts et permis de séjour, il dit que j'ai intérêt à me taire, claquer mon fric et profiter de la vie. Sur le site Internet de l'équipe, j'ai découvert que j'étais blessé au genou et que je me remettais difficilement. Quand on a fait la photo de soutien aux Restos du Cœur, la semaine dernière, j'ai fait semblant de boiter. Ils ont pris ça pour de la provoc ; c'était de la dignité humaine.

Tant qu'on ne l'a pas été, on ne peut pas savoir ce que ça fait d'être un poids mort. Je pourrais m'enfiler des bières huit heures par jour, ça ne dérangerait personne. C'est pour moi seul que je surnage, que je me maintiens en forme. Depuis que je suis indésirable à l'entraînement, j'évolue en minimes à La Courneuve, cité Henri-Barbusse. J'ai été recruté par Samba, le fils d'une supportrice qui m'avait ramené chez elle un soir, au temps où j'étais quelqu'un. Il était si fier de me présenter à ses potes, le lendemain matin. On a improvisé un match, onze contre moi. Et on continue, le week-end, même si je n'ai plus accès au lit de sa mère. Ça m'entretient, ça les booste et, mine de rien, depuis que j'ai structuré leur jeu et qu'on affronte ensemble les cités voisines, ils m'ont appris à développer ce qui était mon point faible depuis le départ : l'esprit d'équipe. Au lieu de marquer en solo comme on me l'a toujours demandé, je reste en retrait pour les mettre en valeur, je leur sers des occasions, je rattrape leurs fautes... Je ne sais pas si la leçon me profitera un jour en D1, mais j'ai découvert une chose capitale sur ce terrain boueux d'une banlieue aussi dure que celle d'où je viens : c'est en entraînant les autres qu'on devient un vrai joueur.

J'allume la télé pour savoir qui est sélectionné ce soir contre le Real Madrid. Je zappe d'Eurosport à Pathé-Sport en passant par Infosport. Enquête sur les chômeurs du foot, plus de cent cinquante professionnels sans club au dernier recensement ; caméra-vérité dans un laboratoire de dopage ; reportage sur les faux passeports communautaires en Ligue des Champions ; interview d'un spécialiste sur la hausse brutale de l'action Manchester United à la Bourse de Londres...

Je remets mes baskets et descends prendre le métro. Il me reste deux heures à tuer avant de retrouver Talia ; autant les tuer dans la peau de celui qu'elle imagine.

La salle de musculation de la rue Coiffard est un sous-sol glauque à néons et miroirs où se reflètent une bande de malheureux qui grimacent dans un bruit de chantier sous des poulies, des barres de fer, des plates-formes à bascule. Bruno s'arrache d'une machine à écarteler pour m'embrasser, content de me voir aussi motivé. Son rendez-vous ne s'est pas bien passé : il dit qu'il y a du piston dans ce métier comme partout, et la femme qui l'a casté ne lui a même pas demandé de se déshabiller.

– Elle a trouvé que ma filmo était trop petite. Évidemment, si on me fait pas tourner, elle risque pas de grossir ! D'accord je suis nouveau sur le marché, mais je suis connu dans tous les clubs de Paris, merde : elle a qu'à se renseigner, cette conne ! Échauffe-toi sur le rameur.

Les pieds sanglés, les fesses calées sur le siège mobile, on tire côte à côte sur une corde de ski nautique, devant l'ordinateur qui nous programme des vagues et des courants contraires. Au fil des kilomètres, Bruno me raconte sa vie. Son enfance heureuse à Sarcelles, avec des parents pieds-noirs qui s'étaient bien habitués à la France parce qu'ils étaient déjà pauvres en Algérie. Son appétit sexuel, qui avait commencé en culottes courtes. Sa vocation de pompier, pour être héroïque avec les copains et impressionner les filles. Et puis la découverte de la passion avec Jocelyne, fille d'un ingénieur de chez Michelin. Deux mois plus tard, elle se fait renverser par un bus. Coma profond : pendant un an il passe tout son temps libre à lui parler pour qu'un jour elle se réveille. Et puis au bout du compte les parents décident de la débrancher : il n'a pas son mot à dire comme ils ne sont pas mariés, alors il devient parleur bénévole pour les autres comas du service. Qu'au moins son malheur serve à quelque chose... Mais il gêne les infirmières en étant tout le temps dans leurs pattes, et il finit par se faire interdire d'hôpital. Il lui reste sa caserne ;

la bravoure, les copains. Jusqu'au jour où un type met le feu chez lui pour se suicider : il empêche qu'on éteigne, son chat miaule au milieu des flammes, alors Bruno assomme le forcené pour pouvoir l'évacuer, mais, le temps qu'il attrape le chat, le plafond s'écroule ; du coup il se fait renvoyer pour avoir sauvé le chat et pas l'homme. A compter de ce jour, il n'y a plus que le cul dans sa vie, pour tenter d'oublier le chômage, l'écœurement, l'injustice. Il passe ses nuits dans un club échangiste où chaque soir il rapporte la fille de la veille, et au hasard des coups voilà qu'il tombe sur une pro du X qui le trouve intéressant et le branche sur un casting.

– Comme quoi tu vois, conclut-il gravement, il ne faut jamais désespérer.

On rame encore un quart d'heure, puis on passe aux choses sérieuses : position par position, il m'explique les muscles que je dois faire travailler, sur l'appareil approprié, pour pouvoir tenir la distance en fatiguant le moins possible. Je note sur une feuille. On finit au sauna où, les couilles retroussées, il m'explique le secret des hardeurs : le muscle pubo-coccygien.

– C'est lui, en fait, le servofrein qui retient la purée. Dès que tu es au bord de juter, t'as qu'à le contracter pour bloquer l'éjac' : le sang se comprime et ta queue reste dure tandis que le sperme redescend. C'est la technique du yoyo, quoi. Bien entraîné, tu peux le faire monter et descendre pendant six heures sans fatigue, avec en prime, chaque fois, un mini-orgasme à sec au moment où tu renvoies l'ascenseur. Autre avantage, quand tu finis par décharger tu as habitué l'urètre à l'arrivée du foutre. Comme ça il fatigue moins sous le jet : ça te permet de remettre le couvert beaucoup plus vite. Regarde.

Et il me montre le mouvement pour apprendre à contracter le muscle en question. Jambes repliées, tête rentrée, poitrine creuse, il serre les fesses toutes les trois secondes en haussant les épaules. On dirait qu'il débouche un évier.

– Marre-toi, mais tu me remercieras. Tu viens avec nous, ce soir ? On se fait une touze chez Mélody. Y aura les filles du tournage : tu pourras t'entraîner...

L'air de rien, je demande si Talia sera là.

– Elle vient jamais, Talia. Elle se fera mettre par dix mecs sur le plateau, mais si un gars la branche dans un bar, en lui proposant pour une nuit trois fois ce qu'elle gagne dans une scène, elle lui dira : J'suis pas une pute. Spéciale, comme fille.

Son portable sonne sous ses fesses, dans les plis de la serviette. Il se penche de côté en râlant qu'on ne peut pas le lâcher cinq minutes, prend l'appel et devient très aimable tout à coup – apparemment c'est un casting.

Je me relève en affichant un air discret, vais

me rhabiller et sors dans la nuit avec un sentiment bizarre, un vide léger dont je ne comprends
la raison qu'après cinq ou six cents mètres, en
passant devant une horloge. L'équipe vient
d'entrer sur le stade, à Madrid. Si on ne réussit
pas le nul, on se retrouvera en bas du tableau.
A cette heure-ci, d'habitude, les soirs de match,
j'arrête tout et je me concentre. Pour la première
fois depuis neuf mois, je m'en fous.

C'est le seul immeuble de l'impasse avec des fenêtres et une porte normales. Les autres sont murées par des parpaings défoncés à coups de masse, remplacés par des bâches.

Dans l'entrée aux vieux murs qui se décroûtent, un enfant est allongé par terre sous les boîtes aux lettres, son cartable en oreiller. Il relève les yeux de sa BD. Il monte son pied jusqu'au bouton de la minuterie, l'enfonce d'un coup de talon, me dévisage. Il est très gros, engoncé dans un training fluo, dix ou douze ans. Je le remercie pour la lumière, lui demande s'il sait à quel étage habite Mlle Stov. Il se remet debout aussi vite qu'il peut, sans me quitter des yeux, me dit qu'ils sont copains, que c'est au quatrième gauche et qu'il s'appelle Rudi. Il me tend la main, je lui dis mon prénom en la serrant. Il hoche la tête, gravement, ajoute que ça va lui faire plaisir. Ses quelques mots l'ont complètement crevé. Il se recouche lentement pour reprendre son souffle.

Je monte les marches affaissées entre les

tags, le rap, les cris de bébés et les engueulades d'adultes. Les paliers sont des dépôts de poubelles, jouets, poussettes et vélos cadenassés aux barreaux de la rampe. Entre le deuxième et le troisième, un petit grand-père en caban de marin s'efface pour me céder le passage. Je m'appuie contre le mur, lui laisse la priorité en tant que vieux ; il me la rend parce que je monte. Au palier suivant, je le vois qui me suit des yeux, adossé à la rampe.

Je presse une sonnette qui tient par du scotch. La fille qui m'ouvre, nombril en avant et pétard aux lèvres, jette un œil glauque à mon bouquet de fleurs. Je lui dis pardon, je me suis trompé : je croyais que j'avais sonné chez Talia Stov.

– Chez Talia Stov *et* Annouck Ribaz, répond-elle d'un air fixe. Elle ramène du boulot à la maison, maintenant ? Fait chier. Ben entre.

Elle me tourne le dos, part dans le couloir d'un pas flottant. Je referme la porte. Des piles de cartons encombrent le vestibule. L'ampoule est nue, les dessins du papier peint disparaissent sous la crasse, mais le parquet sent la cire fraîche.

– Amène-toi, dit-elle sans se retourner, chaloupant d'un mur à l'autre.

J'hésite, pose mon bouquet sur les cartons.

– Talia n'est pas là ?

– Viens, j'te dis. Chuis sa coloc.

Elle entre dans une chambre, tire sur son joint, me le tend. Je dis non merci. Alors elle

55

remonte son pull sur une grosse poitrine immobile et me la fait voir de trois quarts, les mains sur les hanches.

– Qu'est-ce que t'en penses ?

Je répète non merci.

– Et l'aut' qui se croit. J'te demande pas par rapport à toi, j'te demande par rapport à eux.

Elle désigne du menton les dizaines de seins datés au feutre qui s'alignent en posters sur les murs. Ils ont un air de famille, à part la grosseur qui varie.

– Auxquels je te fais penser ? insiste-t-elle.

Je désigne au hasard le poster au-dessus du lit.

– Mais non, merde, c'était avant d'avoir son gosse, là ! Ils sont plus petits, maintenant, comme moi ! C'est eux à qui je ressemble ! trépigne-t-elle soudain en martelant la photo à gauche du miroir. Dis-le, bordel !

– OK. C'est vrai que si on regarde bien... y a quelque chose.

Elle m'empoigne par le col, tire sur ma chemise.

– La vérité ! J'veux la vérité, t'entends, c'est clair ?

Je me dégage, lui dis de me lâcher : on se connaît pas, je vois pas la différence et j'en ai rien à foutre. Elle se met à hurler, se jette contre le mur, cogne à coups de poing la poitrine du mois dernier qu'elle traite de salope, arrache les posters. Je recule lentement dans le couloir, consterné. J'ai connu ce genre de crises quand j'étais petit et qu'on allait jouer dans la banlieue de l'aéroport, contre les Zoulous de Guguletu qui sniffaient de la peinture au plomb. On faisait exprès de ne pas marquer, parfois, pour éviter la casse. Le même type qui avait l'air normal et sympa la minute d'avant pouvait d'un coup se transformer en dingue absolu à cause de rien. En général on se barrait à temps et c'est le ballon qui prenait les coups de couteau.

Une clé tourne dans la serrure, la porte s'ouvre en heurtant le mur. Talia entre avec un sac d'où dépassent des branches de céleri, découvre mes fleurs, et referme la porte du pied avec un soupir énervé. Je viens à sa rencontre en m'excusant d'être en avance. Elle me colle dans les bras son sac de légumes et fonce jusqu'à la chambre où l'autre continue de brailler en sanglotant.

– Et pourquoi t'es pas chez ta mère ?

– Un mec s'est foutu sous le métro, si tu veux savoir !

– Tu vas me lâcher, un jour, oui ?

– Il trouve que j'ai les seins de Sophie d'avant l'accouchement !

– T'as quand même pas repris l'ecstasy avec le Red Bull ?

– Cool : j'fume un buzz dessus et ça craint pas...

– Mais putain, je vais la tuer cette conne !

– Me touche pas !

Trois sons de baffes et les cris se calment. Talia ressort en traînant sur son dos la fille qui gémit. Je propose mon aide.

– Et comment je fais, quand t'es pas là ?

Elle traverse le couloir, ouvre une porte d'un coup d'épaule de sa colocataire, referme derrière elle. Je vais poser le sac à provisions dans la cuisine, et je le vide pour m'occuper. En plus des céleris, elle a acheté des tomates, des concombres, douze yaourts, du piment et un morceau de viande rouge qui ensanglante le tout. Je cherche quel plat on peut faire avec ça. Peut-être une recette d'Ukraine.

Dans une bassine est posé un vieux livre jauni, à moitié décousu, entre un paquet de coton et une bouteille d'alcool à brûler. *Larousse des bons usages*. Les murs gris sont décorés de plages en cartes postales, marquées « Saint-Jean-Cap-Ferrat ».

A côté, les bruits de vomissement finissent en chasse d'eau. Puis c'est la douche qui prend le relais, vibrant dans les conduites au-dessus de ma tête. J'ouvre le frigo, pour ranger. Il est vide, à part des petits fromages en cubes, une bouteille de Ricard et un marteau. Comme il y fait plus chaud qu'à l'extérieur, je referme la porte et remets les provisions dans le sac. Puis je vais regarder la vue au-dessus de l'évier plein d'assiettes, derrière les rideaux en toile cirée jaune soleil. La fenêtre donne sur un trou avec deux grues et une gare de triage. Horizon de rails entrecroisés dans le crachin, caleçons de l'étage au-dessus qui gouttent sur le rebord. Je comprends les rideaux.

– Sers-toi un verre, lance Talia depuis la salle de bains.

– Ça va, j'ai le temps.

– Tu peux mettre un CD, au salon.

Ce qu'elle appelle le salon est un débarras de trois mètres sur cinq derrière un store chinois, où s'entassent des bouquins, une télé, une minichaîne, trois fauteuils de jardin et une plante jaune. Les murs sont couverts de flaques irrégulières plus ou moins rouges, art abstrait ou jets de yaourts. J'allume la platine laser. Un techno-rap éclate les baffles.

– Enlève : c'est à elle. Prends dans le bac vert.

Le bac vert contient de l'opéra, du sucré latino et l'intégrale de Georges Brassens. Je regarde la bonne tête barrée d'une moustache blanche, le sourire d'intelligence fatiguée penché contre l'oreille d'un chat siamois. Je lui rends son sourire, et cherche la *Chanson pour l'Auvergnat*, un de mes premiers cours de français à l'école. Le CD est plié en deux. J'ouvre les autres boîtiers : c'est la même chose. Sans doute la coloc, dans un moment de crise. Je range le coffret. Par curiosité, je regarde l'état des CD dans le bac rose étiqueté Annouck Ribaz. Ils sont tous intacts. Talia n'a pas dû encore se rendre compte.

L'eau s'arrête.

– Roy, ça t'ennuie pas de m'apporter une serviette ? Troisième carton à droite dans la pile sous tes fleurs. Merci, au fait. C'est des quoi ?

– Des protéas. Ça pousse dans mon pays.

– Ça me touche beaucoup.

Quand j'arrive dans la salle de bains, Talia est en train de frictionner à mains nues les épaules d'Annouck Ribaz qui grelotte assise dans la douche. Son dos ressemble aux voies ferrées de la cuisine.

– T'inquiète pas, elle mord plus, dit Talia en l'enroulant dans la serviette. Passe-moi un Lexomil, sur le lavabo. Avec un verre d'eau.

Elle lui fait avaler le comprimé, s'accroupit, lui attrape la cuisse droite, le bras gauche, la soulève en se calant sous l'aisselle et ramène dans la chambre le corps tout mou qui se laisse faire. Je n'en reviens pas de sa force physique. Ses gestes efficaces et brutaux, sa technique de déménageur pour répartir le poids n'ont rien à voir avec la grâce acrobatique que je lui ai connue dans l'amour.

– Comme ça on sera tranquilles, me dit-elle en la couchant.

– Hein qu'ils vont me prendre ? bredouille Annouck Ribaz.

– Évidemment qu'ils vont te prendre, la rassure Talia d'une voix ferme. Comment ils feraient sans toi ?

– M'en veux pas... Je fais des efforts, tu sais.

– Je sais.

– J'ai appelé pour le frigo... Et puis t'as le vieux qui vient de te porter un bouquin... Je l'ai désinfecté.

– Allez, dors.

Elle rabat la couette, me pousse l'épaule pour sortir de la chambre et referme la porte dans notre dos. On remonte le couloir, jusqu'à la cuisine où elle se laisse tomber sur une chaise.

– J'en ai marre de ce boulet, tu peux pas savoir. Au départ, c'était un calcul : je suis vraiment douée... Quand je l'ai connue, elle gagnait super-bien sa vie. Elle faisait le pied d'Uma Thurman dans la pub Lancôme. Je me suis dit : mannequin en kit, ça c'est pour moi.

– En kit ?

– Y avait de l'espoir : elle avait commencé par le X, elle aussi ; je me suis fait copine pour qu'elle me branche sur ses contacts, et puis elle a commencé à déconner, elle a dit aux journaux : « Le pied d'Uma, c'est moi. » Elle pensait que ça lui rapporterait des rôles. En fait elle avait juré le silence par contrat : elle s'est grillée à vie. Elle refuse encore de l'admettre. Elle s'est mis dans la tête qu'elle avait les seins de l'autre gourdasse qui ne veut plus tourner à poil depuis qu'elle est maman – résultat, tu as vu les murs de la chambre. Je sais pas comment faire. Elle a claqué tout son fric en prothèses : elle dit que c'est jamais la bonne taille, elle a plus payé sa moitié de loyer depuis six mois, faudrait que je la vire, mais j'ai peur qu'elle se foute en l'air – j'en ai marre d'être comme ça, Roy, je me fais toujours avoir, j'ai pas les moyens d'avoir du cœur, merde ! L'idée c'était de lui piquer des contrats, c'est tout !

Elle ouvre le frigo, me tend la bouteille. Je lui demande si elle lui en a quand même piqué. Elle hausse les épaules.

– Je suis dans un fichier. J'ai le corps en pièces détachées, rubrique fesses, ventre et ongles : ce qu'ils ont retenu de moi. Pour l'instant, j'ai que mon ventre qui sert, pour Danone. Tu as dû voir à la télé : le yaourt aux fibres qui facilite le transit. Y a des flèches bleues qui tournent autour d'un nombril : c'est moi. Là, j'ai casté la nouvelle campagne Actimel, mais ça me paie le loyer, c'est tout. L'objectif, ça serait d'arriver à gagner ma vie sans me faire mettre.

– Et mannequin normal, comme tu voulais au début ?

Elle secoue la tête.

– Quand tu as fait du X, pour la mode et les marques, tu es finie en tant que personne. Tu peux plus exister qu'en morceaux.

J'ai une montée de tendresse devant sa résignation. On l'a rayée du genre humain et elle s'y est habituée, comme moi.

– Non, mon grand espoir c'est Internet : les solos *on line* avec le connecté dans sa piaule qui bouge lui-même la web-cam depuis son clavier : ça serait le rêve pour moi. Mais bon. Je suis pas toute seule à postuler, pour ce genre de plans.

– Et faire carrément autre chose... ?

– Quoi ?

J'ai une moue vague.

– Le seul truc qui me branche dans ce métier, c'est l'exhib. C'est le meilleur moyen de me protéger. Me planquer derrière mon corps. Les inconnus qui se branlent sur moi et me zappent ensuite, ça me va tout à fait.

Elle me reprend la bouteille de Ricard, s'excuse de ne pas avoir de glaçons : Annouck Ribaz lui a flingué le frigo en essayant de le dégivrer au marteau.

– Pardon d'être sur les nerfs, je voulais qu'on passe une soirée sympa, mais...

J'embrasse ses points de suspension. Elle détourne les lèvres, boit une gorgée, repose la bouteille et marche autour de la cuisine, avec des regards accablés pour les piles de vaisselle sale.

– Mon premier tournage, dit-elle en montrant les plages sur le mur. *Libertines*, un soft pour M6. J'ai cru que c'était toujours ça, le X en France : bronzer à poil au soleil pendant que les mecs autour font du dialogue.

Mon estomac gargouille. Je lui demande ce qu'on fait avec les légumes.

– J'ai la flemme, répond-elle. Et vaut mieux

que je sois raisonnable : demain j'ai de l'anal.
Tu as faim, toi ?

– Non, ça va.

– Y a des Apéricubes et des Quality Street.
C'est le menu de base, quand je tourne. Dis,
enchaîne-t-elle avec soudain une voix de
gamine, on se fait un Trivial ? Y a que ça qui
me détend. Je vais t'apprendre, tu vas voir :
c'est hypersimple.

On s'est installés sur le tapis du salon avec
le jeu, la bouteille de pastis, les Vache qui rit
en cubes et les caramels anglais.

– Prends la boîte jaune : c'est les questions
enfants. Sinon c'est trop dur. Enfin, je parle
pour moi.

Et on a joué à se poser des colles, en relan-
çant le dé à chaque bonne réponse. J'apprenais
des tas de choses et je m'en foutais complètement. Seul comptait son visage qui avait perdu
toutes ses crispations. Elle rajeunissait de question en question. On redevenait les mômes
qu'on était restés au fond de nous, hors
d'atteinte, bien cachés à l'abri, parce que tout
ce qu'on avait vécu en France n'était pas fait
pour nous : ça ne comptait pas. C'était du
détournement de rêves, des mauvaises routes,
des fausses pistes. Là, on était bloqués à l'étape,
mais ça ne durerait pas. On se réservait pour la
suite. On se gardait pour plus tard. J'avais envie
de le croire, tout à coup.

– Poissonnier d'un village gaulois.

– Ordralphabétix, répond-elle.

– Bravo.

– J'ai pas de mérite : je suis déjà tombée sur la question avec Rudi. Mon petit voisin, que tu as vu en bas. Il t'a trouvé sympa.

– Il est souvent dans l'entrée, comme ça ?

– Quand sa mère reçoit. D'habitude je le fais monter, mais là c'est moi qui ai de la visite.

Il y a eu une gêne. Elle a lancé le dé et tiré une autre fiche, tout en murmurant :

– C'est un garçon super, tu sais, il est très fort en français : je suis sûre qu'il s'en sortira. Et puis sa mère est gentille avec lui. Non, le problème c'est son père. On espérait que ça irait mieux depuis qu'il s'est barré, mais ça n'a rien changé et il paraît qu'on ne peut rien faire : c'est une maladie de famille, de grossir comme ça. Quel footballeur champion du monde 98 a prêté son image à Mc Donald's ? Facile, pour toi.

– Je ne sais pas.

– Rudi aurait trouvé. Si tu bossais un peu plus, non ?

Elle m'a battu en vingt minutes. On reste un instant silencieux, les bras ballants. Tout autour de nous le tapis est jonché d'emballages multicolores. On a un problème avec les Quality Street : sur les douze variétés on en aime quatre et ce sont les mêmes ; on les a liquidés et la boîte a l'air pleine. Son préféré, c'est le violet ovale qu'elle mange comme une olive en recrachant le noyau. Elle dit que la noisette centrale fausse la douceur du caramel liquide dans le chocolat fondant. Pour avoir l'air complémentaire, j'ai mangé ses noisettes.

– Tu veux dormir ici ?

Je pense au chien qui a sa caisse propre et sa ration de croquettes. Je réponds oui en lui caressant la jambe. Elle s'écarte.

– J'ai dit : dormir.

– Pourquoi ?

– Tu tournes à huit heures, demain matin, et ça sera pas du soft.

Je hoche la tête avec un soupir de victime assez réussi, qui me fait rire. Elle non. Elle reste immobile. Elle renifle, avale ses lèvres, regarde ses genoux puis me pose soudain une question d'une voix grave, bizarrement nouée :

– Tout à l'heure, quand tu étais sur moi, au début... Tu m'as fixée dans les yeux. Qu'est-ce que tu as vu ?

– Vu ?

– Deux fois, des mecs m'ont dit qu'en se concentrant dans mes yeux, pour se retenir, ils avaient vu des images. Ils ont pas su dire quoi, pour eux c'était comme quand tu regardes un nuage et qu'au bout d'un moment tu as l'impression de voir une tête ou un cheval... Mais toi... qu'est-ce que tu as vu ?

Il y a une vraie angoisse dans sa voix. On dirait que c'est important, qu'elle a perdu quelque chose et qu'elle compte sur moi pour le retrouver. Je ferme les yeux en essayant de ramener les impressions de tout à l'heure.

– C'était... comme des points jaunes qui bougeaient, qui se mettaient en place pour faire une image...

– Quelle image ?

– Une ligne. Deux lignes, plutôt, une espèce de perspective...

– Tu l'as vue ! s'écrie-t-elle en m'attrapant le poignet. Précise, vas-y, décris-moi l'image !

– C'était... Ça m'a fait penser à une piste d'aéroport.

– Mais non ! dit-elle avec impatience en tirant sur ma main. C'est une allée.

Je rouvre les yeux.

– Une allée ?

Elle saute sur ses pieds, va chercher une cigarette dans la bibliothèque, aspire une bouffée et se retourne, le regard brûlant.

– Une allée d'arbres qui part d'un petit portail blanc jusqu'à un grand virage. Des platanes. Ça j'en suis sûre. Immenses, serrés branche à branche et qui se rejoignent au-dessus de l'allée, qui est en vieux gravier avec l'herbe et les mousses qui ont poussé dessus. C'est *mon* allée. Mon image, mon refuge. J'y vais chaque fois que je vis un truc dégueu, sur un tournage, chaque fois que je veux m'évader du réel, et ça marche ! Je te jure, ça marche... Tu l'as vu. J'y étais partie, tout à l'heure, parce que tu m'avais filé une crampe en me remontant les cuisses. Je voulais pas interrompre la scène.

Je l'observe, incrédule. Elle change à vue d'œil : ses mots amènent des gestes, une voix, une fixité dans le visage que je ne lui connais pas. Même le silence qui est retombé est chargé de quelque chose de nouveau.

– Mais c'est quoi, exactement ? Un rêve, une vision ?

– C'est toujours la même chose : j'ouvre le portail, je remonte l'allée pendant une cinquantaine de mètres, mais plus j'avance et plus elle s'allonge... Plus ce que je suis en train de vivre est dur, humiliant, plus l'allée va loin, plus je me sens chez moi... Et à la fin je m'arrête. Je suis jamais arrivée au virage. Je sais pas comment est la maison. Mais c'est la mienne. Je le sais. Un jour elle sera à moi. C'est mon seul vœu sur terre, et il se réalisera.

Elle écrase sa cigarette, vient attraper avec son pied un caramel qu'elle fait sauter jusqu'à sa main.

– Ou alors c'est pas dans cette vie qu'elle existe. C'est la maison qui m'attend de l'autre côté. Je m'en rapproche quand je côtoie la mort, dans mon boulot, sida et compagnie. Ça me gêne pas. Si c'est là-bas que ça doit se passer, c'est bien aussi. Ce qui compte, c'est que je la trouve un jour. Viens.

Elle me ramène à la cuisine, prend une clé au fond d'une boîte de biscuits et on va dans sa chambre. Elle referme derrière nous à double tour, se déshabille en trois secondes comme si elle était seule. Je l'imite et je la rejoins sous la couette. C'est un bonheur qui fait presque mal, de respirer sa vraie odeur dans un lit normal. J'embrasse ses seins, descends la langue sur son ventre, elle me retient.

– Tu as pas envie que je te caresse ?

Elle fait non de la tête.

– Tu as envie de quoi ?

Elle me remonte, me regarde.

– C'est pas contre toi, tu sais. Mais je peux pas mélanger. Je peux plus. Pour que je mouille, il faut que j'entende « Moteur ! ».

Je l'embrasse dans le cou et je lui souris, très tendre, comme si je n'avais pas entendu, comme si j'étais en train de la découvrir.

– J'aime bien ton odeur.

– Mont-Saint-Michel, douche ambrée authentique. J'ai découvert ça dans une cabine, y a trois ans. Le choc absolu. Mon premier morceau de France. La seule fois de ma vie que j'ai piqué quelque chose.

– Une cabine... de bain ?

Elle se renfrogne.

– De navire. J'ai servi dans la marine.

Je me redresse sur un coude.

– La marine de guerre ?

Elle hausse les épaules.

– Marchande. Femme de chambre sur un cargo. Je te raconterai une autre fois. Dors.

Elle a éteint, m'a tourné le dos. J'ai léché sa nuque, je me suis frotté doucement en manœuvrant les doigts vers sa chatte. Elle a refermé les cuisses. La main bloquée, je lui ai glissé :

– Moteur !

– T'es pas drôle. C'est une vraie solitude, tu sais. Tous les gens se consolent de leur vie, de leur boulot en faisant l'amour. Mais moi, pour oublier l'amour, qu'est-ce qui me reste ?

Je me suis serré contre elle, bandant au repos contre ses fesses, avec une douceur que je n'avais plus éprouvée depuis ma première copine, à quinze ans, et on s'est endormis comme si on restait sages en attendant d'être grands, comme s'il y avait un avenir devant nous.

Après deux cafés et trois changements de métro, on est arrivés sur le plateau en se tenant par la main, et Bruno qui faisait des pompes dans sa loge s'est relevé d'un coup pour me demander si j'étais en forme, s'imaginant sans doute que j'avais passé la nuit à répéter mon rôle. Les filles prenaient le café en se réchauffant autour d'un radiateur électrique. L'assistante est venue me présenter celles avec qui j'aurai des scènes aujourd'hui. J'ai glissé un œil gêné vers Talia qui m'a fait comprendre d'un geste fataliste qu'elle n'allait pas exiger l'exclusivité.

J'ai fait la bise à Mélody, la brune à couettes avec qui j'avais visité l'appartement, hier. Elle m'a dit qu'elle était *inchintée*. Seins, fesses, cuisses et visage : elle avait tout fait refaire, à part sa voix – mais on la doublait en post-synchro, m'avait précisé Talia. Aujourd'hui elle était venue avec sa maman des Pyrénées, une grosse dame gentille qui la couvait des yeux avec fierté et qui avait apporté les croissants pour tout le monde.

En regardant ailleurs, j'ai serré la main de Svetlana, la bimbo surgonflée à qui Bruno avait apporté un Colissimo et qui était déjà toute nue, prête à tourner. Talia me l'avait démolie en trois stations. Elles s'étaient engueulées à cause d'un type qu'elles partageaient dans une scène ; Svetlana sortait avec lui en dehors des heures de boulot et elle croyait toujours que les autres voulaient le lui prendre. Mais j'avais l'impression que Talia, en tant qu'ukrainienne, la détestait surtout parce qu'elle était biélorusse et, vu de mon pays, ça faisait bizarre ce racisme entre deux blondes.

Les doigts de Svetlana ont retenu ma main, elle a souri en se cambrant d'un air prometteur :

– Je souhaite qu'on s'entendra bien.

Je suis resté évasif.

– Subjonctif après « souhaite », lui a rappelé Talia en me reprenant par le bras pour m'amener vers une Asiatique piercée de partout.

– Elles sont sympas, ai-je dit en général sans engagement de ma part.

– Isis de Cèze, l'intello du hard. Elle a une licence de sociologie. En ce moment elle prépare une thèse sur le « non-dit de l'obscène ».

J'ai d'abord cru qu'elle chuchotait par moquerie, mais finalement c'était du respect.

– Roy, qui est nouveau et qui est très bien.

L'Asiatique a tourné vers moi un regard

éteint, sourcils en arc de cercle et lèvres fermées. On était en train de l'harnacher sado-maso, cuir noir et porte-gode à la ceinture, et j'ai eu un début d'inquiétude à la pensée que c'était peut-être pour moi. J'ai demandé à l'assistante si je pouvais lire le scénario. Elle m'a répondu que ce n'était pas la peine : le réalisateur avait réécrit ma scène – il m'expliquerait.

Bruno est revenu, dans son costume de facteur. Il m'a raconté sa nuit de partouze, m'a dit qu'ils avaient fini à l'aube dans la piscine du prod et qu'il n'avait pas la bite en face des trous, ce matin : la journée serait dure. Il a ajouté en bâillant :

– Remarque, le Trivial, ça crève aussi.

Je suis resté sans voix. Déçu, vexé. J'étais tellement sûr d'être le premier à connaître Talia dans son intimité... C'est drôle comme on réagit bizarrement, quand on commence à tenir à quelqu'un. Ça ne me gênait pas que Bruno l'ait sautée sous toutes les coutures, mais les imaginer assis en tailleur autour de la boîte à questions jaunes me déclenchait une vraie jalousie.

Un cri et des coups ont résonné du côté des loges : on a couru aux nouvelles. Talia était en train de cogner Svetlana contre le mur en l'insultant. Je ne l'avais pas encore entendue en version originale et j'avais du mal à la reconnaître : ce n'était plus la même, dans sa langue.

Une dureté de guerrière, une rage qui enchaînait les sons dans un crachat de mépris. L'assistante les a séparées, a donné un avertissement à Talia tandis que la maquilleuse réparait les dégâts. Svetlana me montrait du doigt et baragouinait dans son français boiteux qu'on avait une scène à trois cet après-midi et qu'elle ne voulait pas d'histoires avec l'Ukrainienne. Talia a riposté que la prochaine fois qu'elle entendrait des saloperies sur moi, elle lui ferait bouffer ses implants. Je me suis abstenu de demander des précisions. L'idée de jouer le trait d'union entre ces deux ennemies ne m'emballait pas trop, mais d'un autre côté je me suis senti flatté quand l'assistante m'a entraîné par le cou en me disant qu'elle comptait sur moi pour mettre du liant. C'est si bon d'inspirer confiance : ça fait tomber tous les a priori.

Là-dessus est arrivé le réalisateur qui avait dû attraper froid dans la piscine. Une écharpe enroulée deux fois autour du cou, il s'est enfoncé un tube dans les trous de nez, a inspiré avec des coups de tête en arrière, puis il a demandé à Talia pourquoi elle était là.

– Arrête le Vicks et reprends la coke, lui a-t-elle conseillé : je suis de la vingt-cinq à huit heures.

– Et la feuille de service qu'on t'a faxée hier soir, t'en as fait quoi ? La météo a dit soleil :

je tourne le retake de la dix-sept sur la terrasse – on fera la vingt-cinq après.

– Vous savez bien que mon fax est naze, merde ! a crié Talia. Vous pouviez pas m'appeler ?

– PAT à quatorze heures pour la vingt-cinq, lui a répondu froidement l'assistante. Idem pour Roy.

– Maintenant, lui a glissé le réalisateur d'un air malin, si tu insistes pour être de la dix-sept...

– Gratos ? s'est marrée l'assistante. Tu rêves.

Talia a tourné les talons en m'entraînant sous les rires gras des autres filles, et on s'est retrouvés avenue de Clichy, avec un ciel bleu vacances et des passants qui en oubliaient de faire la gueule.

– J'en ai marre de ces branleurs, comment tu veux que je gère ? a-t-elle pesté en poussant la porte du libre-service d'en face. J'ai l'essai maquillage Actimel à dix-neuf heures : j'y serai jamais ! Et qu'est-ce qu'on va foutre en attendant ?

Elle a piqué un magazine télé sur le présentoir, a pris dans un frigo vitré un pack de bières, en a détaché une canette et l'a tendue à la caissière qui a dit non parce que c'était par six.

– Renseigne-toi sur les lois de ton pays si tu veux garder ton job, lui a répondu Talia en feuilletant les programmes. Vente forcée : si j'attaque ton patron, c'est toi qui prends. Dis donc, Roy, tu as le câble ?

J'ai répondu oui, machinalement, tout en suivant des yeux les négociations compliquées de la caissière avec son terminal pour qu'il lui divise par six le prix du pack.

– Génial ! Y a une diff dans une heure et j'ai que cinq chaînes. On va chez toi ?

Il y avait tant d'enthousiasme dans sa voix que je n'ai pas eu le courage ni la lâcheté d'inventer un prétexte. J'ai dit oui, si tu veux, sauf que ce n'est pas chez moi : je garde l'appart d'un copain sud-africain pendant qu'il est retourné au pays, et j'ai honte de te montrer – il a laissé un tel foutoir...

– Eh ben va devant, et range. Moi je nous achète un petit déj monstrueux et je te rejoins. Donne-moi l'adresse. A moins que ça t'ennuie que je vienne..., a-t-elle repris devant mon silence. T'as pas envie ou t'as pas confiance ?

Je lui ai donné le numéro du boulevard, le code de la grille extérieure, la lettre sur l'interphone et l'étage. Elle a tout noté, m'a embrassé sur le nez, m'a dit que c'était cool d'avoir une matinée rien qu'à nous et qu'elle allait me faire une surprise. La caissière l'a regardée sortir et m'a lancé d'un air agressif, en désignant la canette :

– Zéro euro trente-neuf !

Je lui ai dit d'oublier, et à la place j'ai acheté dix boîtes de Quality Street.

Je ne sais pas si c'est le fait de mettre en danger mon imposture ou de la jouer à domicile, mais je ressens une vraie excitation tandis que j'entasse dans l'évier la vaisselle propre que je salis à grands jets de ketchup, après avoir vidé les placards impeccablement rangés par la femme de ménage pour créer le foutoir dont j'ai parlé. C'est bon de remettre un peu de vie. C'est bon de préparer une maison pour quelqu'un.

Le chien passe la truffe à l'intérieur du salon où je dégarnis les canapés pour envoyer valser les coussins sur la moquette devant la télé. Je planque mon courrier, mes photos, mes relevés de comptes ; je fais trois fois le tour de l'appartement pour vérifier que je n'ai laissé traîner aucun indice et que j'ai bien l'air d'un squatteur. Puis l'interphone grésille, la silhouette de Talia apparaît sur l'écran de contrôle et je presse le bouton avec des battements de trac. Vingt secondes de la grille à l'ascenseur, une quarantaine pour arriver au sixième. Un dernier coup d'œil circulaire et j'ouvre la porte.

– La classe, dit-elle en entrant dans le vestibule à colonnes et fontaine. Il est marié, ton pote ?

– Très, j'improvise. Mais l'argent vient de sa femme, et il est complètement homo.

– Je peux rester zen, quoi, traduit-elle avec un air moqueur en me donnant ses sacs.

Elle a acheté une vingtaine de croissants, un

cake, des confitures de toutes les couleurs, des jus de fruits, du thé russe et une bouteille de vin qu'elle me déballe avec un air de mystère. Hamilton Russell, chardonnay de Walker Bay, cap de Bonne-Espérance. Ma tête ahurie la fait sourire. C'est le plus grand vin d'Afrique du Sud, pour moi, encore meilleur que celui de mon père.

– Comment tu as su ?

– J'ai pris le plus cher. Attaque de meursault et touche finale de sauternes, c'est ça ?

J'acquiesce, de confiance. Elle dit :

– Je demande toujours aux sommeliers : je me fais des fiches, pour quand j'aurai une cave.

Elle regarde autour d'elle, ouvre trois portes.

– Nulle à chier, la déco, conclut-elle en entrant dans le salon. Pardon de te presser, il est moins le quart.

Elle s'assied en tailleur au milieu des coussins, manœuvre la télécommande comme si elle la connaissait par cœur. Je reste immobile sur le seuil, la bouteille à la main, devant cette vision irréelle et pourtant familière ; l'impression qu'on vient de s'installer dans ce décor provisoire mais qu'en fait on vit ensemble depuis longtemps. Le chien se glisse dans le salon en rasant le chambranle, va se cacher sous les doubles rideaux.

Je la laisse zapper et je vais déboucher le vin, préparer le thé. Quand je reviens avec le plateau, elle regarde un clip sur une chaîne musicale. Le chien est couché en rond sur les coussins à côté d'elle, et il se laisse caresser. Je dispose le petit déjeuner sur la table basse, impressionné.

– C'est le chien de ton copain ?

– Non. Je l'ai ramassé à La Courneuve.

– Comment il s'appelle ?

– Nelson.

– Ça lui va pas.

– C'était pour lui porter bonheur : je l'ai trouvé à moitié bouffé dans une cabine téléphonique.

– Ho ?

– Les types enferment deux pitbulls, ils leur donnent un petit chien en apéritif. Une fois que le sang les a rendus fous, ils se bouffent entre eux et y a plus qu'à prendre les paris sur celui qui tuera l'autre.

On fait une minute de silence. Elle qui vient d'un pays violent comme moi, d'après ce qu'ils disent à la télé, avec mafia, enlèvements et mitraillages en pleine rue, elle a l'air aussi choquée que je le suis par cette invention française. Nous, au moins, on n'est pas la patrie des Droits de l'homme.

– D'habitude, le petit chien, il n'en reste rien. Il flottait dans son sang, il respirait à peine. Je l'ai amené chez le vétérinaire qui a dit qu'il était foutu, alors je l'ai appelé Nelson, comme Mandela, parce que lui non plus on ne lui donnait pas une chance.

– *Sobatchka*, dit-elle en le prenant sur ses genoux.

Elle lui caresse doucement les greffes de peau, il se laisse faire. Je n'en reviens pas. Je lui dis qu'après quatre mois de vie commune, il a toujours peur de moi.

– Pas de toi, Roy. Des mecs. Hein, Nelson ? De tous les mecs, parce qu'il n'y a que des mecs qui peuvent faire ça à un être vivant. N'aie plus peur de lui, Nelson. Ce n'est pas un homme comme les autres. Pourquoi il t'aurait sauvé, sinon ?

Je détourne la tête. Je l'ai sauvé parce qu'on l'avait jeté en pâture, comme moi, pour du pognon. Même la tendresse, la confiance de cette fille qui n'a pas de raison de faire semblant avec moi ne peuvent m'enlever la haine sans prise qui me tombe dessus, parfois, comme Nelson avec ses accès de panique.

Le téléphone sonne dans l'entrée. Je bondis pour répondre avant que le répondeur s'enclenche. C'est mon agent. Il me briefe pour demain. Il dit que je vais disputer une partie serrée, mais que je ne dois rien concéder. Rester sur la défensive et jouer franc jeu : je ne suis au courant de rien, je n'ai aucun ami dans l'équipe, on ne me fait pas de confidences, je ne comprends rien aux chiffres, je n'ai jamais entendu parler de dopage ni de faux passeports, je ne m'intéresse qu'au ballon et sorti de ça, il n'y a plus personne.

– Tu fais le con, quoi. Et tu te défausses sur moi pour tout ce qui est technique, financier, juridique. C'est la stratégie que j'ai utilisée avec M'Gana, Cayolle et Zorgensen : ça s'est avéré complètement payant. La juge vous prend pour des gosses avec un petit pois dans la tronche et c'est très bien. Le seul truc sur lequel elle va essayer de te coincer, c'est l'arrêt Bosman, alors tu dois bien te fourrer ça dans la tête matin et soir, si jamais elle te sort l'article 441-3 : tu étais majeur quand le club t'a acheté. Vu ? Et tu es toujours de nationalité sud-africaine. Rappelle-moi s'il y a un point à éclaircir, je t'embrasse.

Je raccroche et reviens dans le salon, me rassieds près de Talia. Je lui dis que c'était pour mon copain. A propos de son travail. Je m'entends parler faux, j'essaie de me rattraper en donnant des détails, mais j'ai vraiment l'air de me justifier alors qu'elle ne me demande rien. Je l'attire contre moi, la caresse pour effacer le malaise. Elle m'embrasse avec les miettes de croissant, la confiture de fraises. Pourquoi on n'aurait pas une vie comme tout le monde, avec la nuit, le réveil, l'amour, des repas normaux, un métier bête et le bonheur de se retrouver après ? Elle me touche la queue du dos de la main, doucement. Je lui demande si on est vraiment obligés d'attendre cet après-midi.

– J'ai jamais flirté en dehors des tournages,

Roy. Tu peux pas savoir ce que ça me fait d'avoir envie d'un homme dans la vie... Je voudrais qu'on en profite, qu'on se laisse aller, qu'on prenne le temps, qu'on se garde pour tout à l'heure... Ça te gêne pas ? On fera l'amour avec tout ce qu'on ressent maintenant, et tu verras comme ça sera fort... Comme on sera seuls au milieu de ceux qui savent pas. Nous on sera avec notre nuit, le Trivial, le petit déj, la télé, le chien entre nous... Y aura que du cul pour eux ; nous y aura des souvenirs. J'ai envie que tu m'isoles avec tout ça, Roy, que tu me protèges des autres... Jamais j'ai eu confiance en quelqu'un. Je peux ?

– Je crois que je t'aime.

– Non. Enfin oui, si tu veux, mais y a pas que ça. Je veux que tu sois mon copain pour toujours. Même si ça dure pas. Mon copain que j'ai toujours eu. Tu me donnes du vin ?

On trinque. Il a le goût de bouchon, elle dit qu'il est génial. Je m'extasie aussi. Et puis je lui offre mon cadeau à moi. Elle déscotche le papier fleuri en silence, lentement, pour ne pas le déchirer. J'ai mis cinq minutes à réaliser l'emballage avec les moyens du bord : je suis content qu'elle apprécie. Elle découvre la boîte de Quality Street et me dit que je ne suis pas vrai, sur un ton de compliment. Dès qu'elle l'ouvre, elle se rend compte qu'il n'y a que ses quatre variétés préférées. Elle me regarde gravement. Je confirme : à partir de dix boîtes ordinaires j'ai créé le modèle Spécial-Talia. Elle pince ses lèvres. Elle me répond que c'est sympa, mais que ça la prive d'une partie du plaisir : pouvoir choisir ce qu'on aime et laisser le reste, c'est l'idée qu'elle s'est faite du luxe pendant toute son enfance. Je baisse la tête. Elle voit ma déception. Elle m'embrasse pour effacer ma gaffe – et la sienne.

– Ça commence !

Elle attrape la télécommande, monte le volume. Un rideau de théâtre s'ouvre dans un son de guitares et de castagnettes. Elle me demande si je connais Offenbach. Je reste vague. Elle me dit que Piquillo et la Périchole sont deux jeunes sans un rond, comme nous, qui chantent dans les rues en crevant de faim ; le vice-roi la remarque et, pour se la taper, il l'invite à déjeuner dans son palais ; elle veut en faire profiter Piquillo qui refuse à cause de la jalousie, alors elle y va toute seule, elle mange pour deux, et puis elle revient chez son amant avec un doggy-bag parce qu'au moins il la fait rire et elle l'aime. Je lui demande si elle veut du thé, elle me répond chut. Et je regarde cette nouvelle Talia qui chante en même temps que l'héroïne, l'engueule quand elle s'écarte du tempo, critique entre deux croissants le ténor mou qui détonne, l'orchestre à la traîne, la débutante qui cherche son souffle dans ses mains en faisant croire que c'est l'émotion, le vice-roi qui fait des grimaces à la place de la note qu'il est incapable de tenir... Je n'ai jamais vu quelqu'un râler devant la télé avec autant de cœur et de parti pris. Elle finit par éteindre en me disant que c'est honteux de donner une si belle partition à des nullards, et que pour un premier contact ça risquerait de me dégoûter. Elle me fixe dans les yeux et entonne lentement, de sa voix grave et sans effets qui monte les aigus dans les sourcils :

Comment veux-tu que l'on soit tendre
Alors que l'on manque de pain ?
A quels transports peut-on donc s'attendre
En s'aimant quand on a si faim ?

Le chien pose le museau sur son genou et je me sens remué jusqu'à l'enfance par cette mélodie si simple qui prend toute la place dans ses yeux. C'est vieillot, en même temps c'est touchant, et dans sa bouche ça devient quelque chose de terriblement moderne, décalé, hors du temps... A la fin de l'air, elle me dit que ce sont les premiers mots de français qu'elle a entendus dans sa vie : sa grand-mère avait chanté le rôle des dizaines de fois sur scène, et ses succès d'autrefois étaient devenus des berceuses.

— Elle m'a élevée à la française pendant que ma mère était à l'usine. On vivait toutes les trois dans vingt-cinq mètres carrés ; chacune avait son coin. Les étagères de maman avec ses diplômes, ses médailles : meilleure ouvrière, meilleure cadence, meilleur esprit. Le coin de Baba avec son tableau de Nicolas II, ses icônes, ses bougies, sa tour Eiffel... Et mon coin à moi avec les posters de Claudia Schiffer et Cindy Crawford, que j'imitais devant le miroir... Et toi, ton enfance ?

Je lui raconte ma mère, sa petite vie dérisoire et magnifique, toute d'amour sans rancune et de dégringolade heureuse. C'était une très mauvaise comptable mais on l'engageait quand même, à cause du plein emploi garanti aux Blancs. Et puis, à l'abolition de l'apartheid, les Noirs ont eu le droit d'accès à toutes les professions ; du coup ça a fait jouer la concurrence et elle s'est retrouvée tout de suite au chômage. Mais, en échange, les métiers les moins bien s'étaient ouverts aux Blancs, alors elle était devenue femme de ménage dans les bureaux, la nuit. Ça l'avait complètement épanouie : là, au moins, quand elle frottait c'était propre ; elle n'avait plus l'angoisse de se tromper d'une virgule, elle ne se réveillait plus en sursaut à cause d'un zéro de trop.

– Tu en parles au passé parce qu'elle est loin, ou... ?

Je confirme, avec une moue, ce qu'elle sous-entend dans ses points de suspension. Elle me répond :

– Elle est pas loin, alors.

Ce n'est pas une voix de réconfort, de platitudes qu'on dit dans ces cas-là pour être poli et changer de sujet. C'est une voix de certitude, comme si elle avait connu et apprivoisé plein de morts autour d'elle.

Le chien s'est endormi sur son genou. Elle lui soulève délicatement la tête, la repose sur un coussin en lui disant qu'elle s'excuse, mais qu'elle doit aller aux toilettes. Je lui donne l'itinéraire, elle part dans le couloir et le chien la suit.

Je m'étire sur la moquette en faisant le point. Je ne sais plus trop de quoi j'ai envie. Tout ce qui compte c'est le moment présent, la chaleur et l'odeur des coussins qu'elle a creusés près de moi ; c'est la douceur qu'elle dégage entre deux coups de gueule et trois blessures, c'est le temps qu'on vole pour se l'offrir en faisant durer le désir, c'est ce vin bouchonné qu'on a fait semblant de trouver sublime, elle parce qu'il vient de mon pays et moi parce qu'il vient d'elle.

– C'est à ton copain, ça aussi ?

Elle brandit le porte-clés qu'elle a pris dans l'entrée.

– Oui.

Elle s'arrête au-dessus de moi, mord sa lèvre en fixant le cheval cabré sur l'insigne.

– Tu t'en sers ?

– Je n'ai pas le permis.

Elle reste debout, à se balancer sur place, avec un mélange d'excitation et de déception préventive, complètement craquant.

– Tu veux l'essayer ?

Elle s'illumine :

– Il ne dira rien ?

– Il s'en fout.

Elle me tire par les mains, me soulève, me colle contre elle, me dit qu'elle m'adore et qu'elle a appris à conduire sur les camions de l'ex-armée Rouge : c'est dire si elle peut gérer une Ferrari. Je ne vois pas le rapport, à part la couleur, mais je me sens tellement fier de lui faire plaisir, de donner soudain une raison d'être aux accessoires inutiles de ma vie.

– On emmène Nelson ?

Je vais pour répondre qu'il ne sort jamais et je referme la bouche : il est déjà devant la porte. Je voudrais lui dire qu'elle est magique ; apparemment c'est ce qu'elle est en train de penser de moi, alors je me tais.

A peine l'ascenseur refermé, le chien se met à hurler à la mort. Talia le prend dans ses bras, lui explique que ce n'est pas une cabine téléphonique, et qu'il ne risque rien puisqu'elle est là. Il arrête de hurler mais tremble de tout son petit corps en fermant les yeux, pour ne pas nous déranger.

– On remonte, Roy : son cœur bat trop vite.

Et c'est le mien qui accélère quand elle le dépose dans l'entrée en lui disant qu'on revient tout à l'heure. Cette vision de ce que pourrait être une vie à trois me laisse sans voix jusqu'au troisième sous-sol, où elle me demande quand mon copain rentre en France. Le provisoire dans lequel elle me réinstalle me donne un coup de cafard. Je n'ai plus envie de lui mentir. Mais j'ai encore moins envie de gâcher ce moment avec une vérité qui risquerait de fausser tout ce qu'il y a de sincère entre nous.

J'essaie quinze serrures de boxes avant de retrouver la bonne. Je ne suis descendu qu'une fois au garage, pour voir ce que j'avais acheté. J'ai allumé le néon, regardé l'espèce de tondeuse écarlate gravée aux initiales d'Antonio Torcazzio ; je n'ai pas trouvé comment s'ouvraient les portières et je suis remonté. Talia, elle, trouve tout de suite.

– C'est la Modena 360, non ?

– Peut-être.

Elle se glisse au volant, se tasse sous le toit trop bas pour elle, met le contact et le moteur rugit. Comme je n'ai pas la place d'entrer côté passager, elle m'asphyxie pendant plusieurs minutes sous prétexte de laisser chauffer, avant de sortir le monstre dans lequel je ripe en me contorsionnant. Ils sont gonflés de fabriquer des voitures si grandes avec si peu de place à l'intérieur. Couché en position chaise longue, plaqué au dossier, je sens mon petit déjeuner remonter tandis qu'elle vrombit dans la rampe du parking, m'expliquant qu'elle est obligée d'accélérer pour franchir les ralentisseurs, sinon elle « touche ».

Elle fonce dans le boulevard Maurice-Barrès,

bataillant du levier dans la petite grille chromée avec des grincements et des coups de poing, m'explique que le grand chic, chez Ferrari, c'est de faire des boîtes de vitesses encore plus dures que celles des camions Moskvitch. Elle tourne au ras du sol autour de la porte Maillot, prend la direction de La Défense et on se retrouve sous le tunnel de l'autoroute à cent quatre-vingts, obligés de crier pour se faire entendre par-dessus le bruit de chignole hystérique.

– Je t'emmène à Deauville !

– On tourne pas à quatorze heures ?

– A deux cents de moyenne, c'est jouable : on se baigne, on revient et on est au maquillage pour treize heures trente.

– C'est toi qui vois...

On avale les néons du tunnel, les pylônes, les arbres.

– C'est génial, Roy ! Ils sont tous en train de bosser et nous on fonce vers la mer, on est jeunes, on les emmerde, on a de l'essence, et on est libres !

Je n'ai rien à ajouter au constat, sinon un « oui » beuglé dans le fracas, mais on sait bien que ce n'est pas vrai et on va sûrement se planter avant d'arriver à la mer. Après tout il y a pire, comme mort, et je ne vois pas trop ce que je regrette. S'il y a un paradis on arrivera plus vite et s'il n'y a rien, on aura gagné du temps sur les prolongations d'un match nul.

Un schblong ! assorti d'une fumée blanche

remet le projet à plus tard. Elle ralentit en malmenant le levier de vitesse, elle s'arrête sur le bas-côté et me crie de sortir en courant. Je m'arrache aussi vite que je peux, la rejoins cinquante mètres plus loin. On regarde la voiture fumer pendant que les camions passent en nous envoyant des appels de phares.

– Deux solutions, me dit Talia : ou tu fais une déclaration de vol, ou je tourne sans m'arrêter jusqu'à soixante-quinze ans pour rembourser ton pote.

Je revois l'émotion de Torcazzio quand il m'a vendu sa Ferrari chérie, me suppliant de la ménager pendant le rodage.

– T'en fais pas : elle est sous garantie.

Au bout d'un moment la fumée se calme et on s'approche. Elle ouvre le capot, constate les dégâts.

– C'est juste la durit du radiateur, se console-t-elle. Et peut-être la distribution, mais c'est pas sûr... Ce qui serait bien, par contre, c'est que tu appelles vite une dépanneuse avant qu'il passe des flics : je suis pas certaine que mon permis poids lourds soit très valable en France.

Elle m'indique la borne de secours, à cent mètres derrière nous. Je marche jusqu'au téléphone abrité par une cloche en plastique, m'y planque pour composer sur mon portable le numéro d'American Express Gold Assistance, que mon agent m'avait fait mettre en mémoire quand j'étais VIP.

Dix minutes plus tard, une dépanneuse arrive et nous remorque jusqu'à Paris. Elle nous laisse avenue de Clichy trois quarts d'heure avant le « prêt-à-tourner », et repart déposer la Ferrari au garage marqué sur le carnet d'entretien. J'ai un pincement de nostalgie en voyant les feux arrière disparaître au carrefour.

– C'était bien, quand même ? vérifie Talia d'une voix inquiète.

Je réponds oui et je le pense : c'était même mieux, peut-être, que d'être allés pour de vrai nous plonger dans une mer qu'on ne connaît pas – ça nous laisse un rêve entier, un projet intact. Elle est d'accord. Je lui prends la main et je lui dis :

– Viens.

– Donc on reprend quand Bruno et Sammy sont en train de bourrer Svetlana, et puis la porte s'ouvre et c'est toi qui entres, Isis. Tu apportes un Chronopost. D'abord tu es choquée de voir tes collègues tringler pendant le service, et puis ça t'excite, tu te déloques en te caressant et tu vas grimper sur l'échelle d'Aurélien l'électricien pour te faire lécher par Roy en train de s'envoyer Talia en levrette. Et puis ça donne des idées à Svetlana qui vient prendre ta place sous la langue de Roy, pendant que toi tu vas choper Bruno par la queue pour qu'il encule Talia ; du coup Roy va faire une double avec Aurélien dans Mélody à cheval sur Sammy, tout en bouffant Svetlana pendant qu'elle se gouine Talia qui s'empale sur ton gode. C'est clair pour tout le monde ? Moteur !

Je lève le doigt en m'excusant, je demande au réalisateur s'il veut bien répéter pour que je visualise. Il soupire, se pince le nez entre deux doigts pendant que Bruno, Mélody et Svetlana viennent à mon secours. Ils parlent tous en même temps et ça me paraît de plus en plus complexe. Heureusement, le cadreur demande une mise en place technique. Il mémorise son chemin caméra à l'épaule tandis qu'on mime nos positions à blanc, et j'échange avec Talia un regard morose : je préférais le scénario de la veille.

A ce moment-là une agitation résonne en limite du plateau. Une voix tonique lance un bonjour général.

– Ah non ! s'écrie le réalisateur.

Imbriqués les uns dans les autres, on déplace des jambes, on joue des coudes pour voir ce qui se passe. Dans un grand peignoir rouge, encadré par deux hommes à cravate et mallette, Maximo Novalès déclare que la feuille de service qu'on lui a faxée hier soir indiquait « PAT 14 H » : il est treize heures cinquante-cinq et il est prêt à tourner.

– Mais on rêve ! glapit le réalisateur. Je veux plus de toi sur mon plateau, connard : tu es viré ! Quel est le taré qui lui a filé une feuille de service ?

Les stagiaires se renvoient la faute avec des airs étonnés. Très calme, le hardeur présente son escorte :

– Me Ancenis mon avocat et Me Bort, huissier de justice, qui est venu constater.

L'avocat sort de sa mallette le contrat d'engagement de son client qu'il se met à expliquer au producteur descendu en catastrophe de son bureau, tandis que l'huissier, tourné vers nous, l'air réservé, constate.

– Mais il n'était plus en mesure de faire la scène ! proteste le producteur.

– Attendu que le renvoi sans préavis pour « défaillance » ne fait l'objet d'aucune clause, répond l'avocat, attendu qu'en l'absence d'avis médical autorisé ladite « défaillance » est assimilable à un accident du travail et doit être déclarée en tant que tel, attendu qu'aucune déclaration n'a été enregistrée par la compagnie d'assurances et qu'au terme des conventions collectives l'acteur dit « de X » n'est pas payé à la journée mais à la scène, il résulte que la journée ne peut être légalement considérée comme sinistrée et que la scène est due. En cas de refus signifié par l'employeur, il s'agit donc d'une rupture de contrat unilatérale relevant du tribunal des prud'hommes...

– Ça va, soupire le producteur. Qu'il reprenne sa place : enlevez la doublure. Vous, vous restez là ! enchaîne-t-il en attrapant la manche de l'huissier. Et si jamais il nous refait une panne, vous la constatez, on appelle les assurances et je me mets en sinistre. Vu ?

L'avocat ôte ses lunettes pour consulter son client, puis parle à l'oreille de l'huissier qui acquiesce. Alors Maximo laisse tomber son peignoir, levant les bras pour faire constater, par un lent mouvement tournant aller-retour, style arrosage automatique, le volume dressé qui a fait sa gloire.

– Je suis désolée, me dit l'assistante en me raccompagnant vers les loges.

Talia court pour me rattraper, se colle contre moi en me caressant la joue.

– Tu restes ?

Il y a dans sa voix une vraie détresse, un vrai appel.

– Tu crois que c'est une bonne idée ?

– Je veux pas que tu partes comme ça, Roy. Ça compte pas, je me garde pour toi, et on se retrouve après.

Je dis bon. Et je vais me rhabiller, la mort dans l'âme. Quand je reviens sur le plateau, l'assistante m'a mis un cube à côté de la grosse dame des Pyrénées, qui me raconte combien l'exemple de sa fille lui a permis de se libérer elle-même, de quitter son mari avec qui le dialogue n'était pas possible, et de découvrir qu'on est bien mieux toute seule que mal en couple : elle s'était prouvé qu'à cinquante-cinq ans, lorsqu'on n'est plus qu'un meuble, on peut redevenir une femme. Je la félicite, j'écoute un mot sur trois, je dis que je suis content pour elle, je regarde Talia répéter ses positions et je me sens malheureux comme jamais.

– Action !

Cette fois Maximo tient la forme et, franchement, quand je vois ce qu'il lui met, c'était normal que je me rhabille. Comme c'est triste l'amour fait par un autre... Hier, sur le même cube, je m'imaginais à la place de l'acteur dans le corps de Talia ; aujourd'hui je m'identifie à elle qui serre les dents, qui gémit des oui pour déguiser la douleur en image de plaisir, et j'ai envie de cogner, de ruer dans les couilles de ce phénomène de foire qui la pilonne comme une brute en ne s'occupant que de sa prestation. Qu'est-ce qu'elle attend pour le neutraliser ?

Les autres s'activent en cadence, le cadreur rampe d'une brochette à l'autre, l'huissier fait son constat avec les mains qui se rejoignent dans les poches, et l'avocat regarde l'étalage des corps avec un air végétarien.

Je serre les doigts sur mon cube pour m'empêcher d'intervenir, de gueuler : « Coupez ! », d'aller retirer Talia de ce Meccano en disant que je rembourse la journée, que je rachète sa franchise, des choses comme ça... Mais de quel droit ? Elle fait son métier, elle, au moins. Je ne suis qu'une rencontre de passage, une nuit de sommeil, une virée en voiture, une parenthèse qui se ferme. Je baisse la tête.

– Quand c'est ma fille, je regarde pas, me confie ma voisine à l'oreille. Elle dit que ça la gêne.

Mes yeux se posent sur la broderie qu'elle a sortie de son sac. Un cheval dans un pré.

La cadence s'accélère, les positions varient, la Biélorusse remplace l'Asiatique sur l'échelle et je me concentre sur Maximo Novalès, guettant désespérément les effets du point O. Mais non, il continue d'assurer son pilonnage, le regard fixe, le souffle égal. La seule différence est que, depuis un moment, il grimace tandis que son corps oscille de gauche à droite derrière Talia, comme s'il manœuvrait une planche à voile dans la tempête. Il a gardé sa montre et je le vois farfouiller discrètement dans le bracelet, tout en malaxant les seins de Talia. Puis il avale un cachet sous le prétexte d'étouffer un cri de plaisir. Talia tourne la tête vers lui d'un air de reproche et il la remet dans l'axe d'un grand coup de boutoir, les yeux butés, le menton rentré, le front en avant.

– Oui, c'est bong ! s'époumone Mélody avec conviction dans le sandwich d'à côté. Bourreu-moi le cul pendant qu'il me défonceu le cong !

– Mais faites-la taire ! grince Maximo en crispant ses mains sur les hanches de Talia.

– Hé, Zobeu d'Or, si le Viagra ça marcheu plus, mets-toi au Prozac !

– Bien répondu ! ponctue la maman entre ses dents. Qu'est-ce qu'il est antipathique, ce vieux... Il m'a fait rater ma bordure, vé ! Pénible...

Le plan-séquence se poursuit, rythmé par les encouragements du réalisateur pour soutenir la cadence de Maximo, qui sourit d'un air méca-nique en transpirant à gros bouillons sur les fesses qu'il défonce. Le regard de Talia plonge dans mes yeux et y reste, avec une insistance blessée, un mélange de détresse et de confiance, comme si elle m'invitait dans son allée de platanes pour qu'on aille ensemble jusqu'au bout du virage et qu'on découvre la maison. On est trop loin pour que je puisse partager son voyage, mais je reste dans ses yeux en lui souriant pour l'aider à s'évader du reste. Les couinements des autres s'éloignent, la lumière des projecteurs efface les corps ; je devine à contre-jour les branches qui se rejoignent au-dessus du gravier...

– Coupez ! crie Maximo.

Il s'est figé, un sourcil levé, l'air aux aguets, puis il monte la main comme pour appeler un taxi, et il s'effondre de tout son poids sur le corps de Talia. On vient la dégager, on extrait l'acteur, Bruno se précipite pour lui faire le bouche-à-bouche tandis que l'assistante appelle le Samu.

– Vous êtes content de vous ? trépigne le réalisateur en secouant l'avocat. Virez ce connard de mon plateau ! Roy, en place ! Maquillage !

– Ça va pas ? lui crie Talia. Attends au moins le médecin...

– Toi, ta gueule, et tu te remets en position ! On refait le plan-séquence : je vais pas foutre en l'air ma journée parce que monsieur a ses vapeurs !

– Il se tape un infarct ! lance Bruno.

– Qu'est-ce que tu en sais ?

– Je suis pompier ! La pharmacie, vite, un tonicardiaque !

– Mais on n'a pas ! s'affole l'assistante.

– Écartez-vous, je lui fais un massage !

On agrandit notre cercle. Les acteurs ont mis des peignoirs et se rongent les ongles.

– Ça va aller, bredouille Maximo qui reprend des couleurs sous les mains de Bruno.

– Ça va aller mon cul ! réplique Talia. Il s'est avalé six milligrammes d'Ixense en plus du Viagra ! Six ! Deux cachets à vingt minutes d'intervalle, quand il faut huit heures entre les prises ! Il va nous claquer dans les doigts !

Silence glacial sous les spots, à part Maximo qui dit doucement « mais non », avec un bon sourire tremblotant, et qui retombe dans les vapes.

– Une couverture ! commande Bruno. Vite !

– Vous êtes tous témoins ! rugit le producteur. Vous êtes tous témoins qu'il a exigé de tourner contre la décision de la production, et sur pression de son avocat !

– Moi j'ai rien à voir avec ce mec ! décrète Svetlana.

Et elle file s'enfermer dans sa loge, pendant que la maman se précipite pour serrer dans ses bras Mélody qui pique une crise de nerfs. Je cherche le regard de Talia. Elle détourne la tête avec un air écœuré.

Je vais ramasser la broderie qu'ont piétinée les techniciens. Je la pose sur un cube, et je m'approche des garçons qui frictionnent leur collègue enroulé dans un plaid en lui murmurant des paroles optimistes. Pour faire quelque chose, je pose la main sur le front de Maximo qui est glacé. Je demande à Bruno ce que c'est que l'Ixense.

— Chlorhydrate d'apomorphine. Un traitement contre le parkinson, au départ. Ils ont découvert que ça refaisait triquer en moins de cinq minutes, et maintenant ils sont tous à se jeter dessus !

Les deux autres hardeurs protestent mollement que non, non, ils bandent naturel au ginseng, mais Bruno leur dit que ça leur servira de leçon et ils baissent la tête, penauds.

— Dites pas à Marie-Lou que j'ai repiqué, balbutie Maximo sans rouvrir les yeux, grelottant, avant de s'effondrer sur le côté.

Les autres me glissent que sa femme croit qu'il a pris sa retraite pour raconter ses mémoires, mais qu'il n'arrive pas à décrocher et n'a pas écrit une ligne.

Quand l'ambulance du Samu est arrivée, Bruno a donné les symptômes, les causes et le diagnostic. Le médecin a pris note en le remerciant, sans se laisser arrêter par la tenue du secouriste. Le hardeur est parti sur une civière et j'ai suivi Talia, tandis que le réalisateur beuglait que tous ceux qui abandonnaient le tournage seraient grillés à vie dans le métier.

– Il a trois enfants, a murmuré Talia dans la voiture de l'avocat.

Je l'ai prise dans mes bras sur la banquette arrière, j'ai serré contre moi ses angoisses et les odeurs des autres, tout ce sordide dont j'aurais voulu la libérer, sans savoir comment ni pourquoi c'était devenu si important pour moi. J'ai laissé passer trois coins de rues. Son corps était raide contre moi, ses lèvres blanches. J'ai demandé doucement :

– Tu as vu le bout de l'allée, cette fois ?

– Presque.

Elle a posé sa tête sur mon épaule, et le reste a cessé d'exister jusqu'au portail de l'hôpital.

On a attendu une heure dans le hall des urgences. Talia sortait toutes les cinq minutes fumer une cigarette, on faisait les cent pas devant la porte qui s'ouvrait et se refermait dans un chuintement. Je n'en revenais pas qu'elle passe avec tant de naturel de l'égoïsme le plus raisonné à la générosité la plus absurde. Bien sûr, le point d'acupuncture qui l'avait désamorcé la veille avait dû fragiliser Maximo, mais elle me jurait qu'elle ne lui avait rien fait cet après-midi, et pourtant elle se sentait coupable de sa crise cardiaque. Elle n'éprouvait rien pour lui, il la traitait comme un trou, et je la voyais s'angoisser de minute en minute en interpellant tous les médecins qui passaient. J'essayais de faire diversion. Je lui demandais comment le tournage allait continuer.

– Pas question que j'y remette les pieds. Ou ils remontent les chutes et ils font la durée avec ce qui est déjà en boîte, ou ils nous remplacent, ou je suis salope et je dénonce Svetlana qui est mineure, et le prod se retrouve en taule. Mais c'est pas le problème.

Ce qui l'obsédait, c'était les trois enfants qu'elle ne connaissait pas et qui attendraient Maximo à la sortie de l'école. Elle qui ne savait même pas le nom de son père et n'en avait jamais ressenti le manque – vingt-cinq mètres carrés à partager avec sa mère et sa grand-mère, ça allait comme ça –, elle était au bord des larmes en me décrivant les trois gamins élevés en pavillon au bord du golf de Saint-Nom-la-Bretèche. Les trois petits orphelins en puissance qui ne savaient rien du métier de leur papa et risquaient de l'apprendre en même temps que sa mort.

J'essayais de compatir, mais le cœur n'y était pas : j'ai du mal avec les hôpitaux. Dès que je sens l'odeur de fleur fanée et d'ammoniaque, je revois ma mère dans son petit lit plein de tuyaux, avec le bonnet de plastique sur sa tête et son pauvre sourire pâle, et les mots qui se pressent en ordre sur ses lèvres pour me laisser toutes les consignes, me léguer tous les modes d'emploi.

– Surtout ne crois pas que c'est la faute de ton père... Ç'a été mon seul bonheur sur terre, à part toi. Lis les lettres dans la valise bleue, la clé est dans ma table de nuit. Et si tu ouvres la trappe de visite sous la baignoire, ne te fais pas d'idées fausses... C'était ma façon d'être encore avec lui, toutes les nuits, quand toi tu dormais, et il m'a rendue heureuse même dans son absence, crois-moi. Allez va-t'en, mon chéri, c'est tard ; il faut que tu sois en forme pour ton match. N'oublie pas de manger un peu de viande.

Les derniers mots qu'elle m'ait dits. Les lettres de la valise bleue avaient mon âge ; c'étaient des paroles d'amour et des promesses de silence, réexpédiées par le destinataire sans avoir été ouvertes. L'écriture de maman était bien plus grande, à cette époque, mais ses sentiments n'avaient jamais changé. Le coffrage de la salle de bains regorgeait de bouteilles de château-moulinat, les pleines au premier rang, les vides couchées sous la baignoire. Chaque soir elle se soûlait au vin de papa. C'était trop facile de dire que son cancer venait de là : il y avait les soucis, aussi. La pauvreté, la dignité, le sacrifice. Elle avait préféré payer mes études et mes stages de foot, travailler jusqu'au bout plutôt que de se mettre en arrêt maladie. Elle s'était promis de durer jusqu'à ma majorité. Il s'en était fallu d'un trimestre. S'il y avait un responsable c'était moi, bien plus que les bouteilles de mon père. Quand j'ai envoyé le faire-part à Château-Moulinat, j'étais sans illusions mais sans rancune. Trop d'abrutis et de salauds se massacraient au nom de Dieu pour que j'aie envie d'y croire : mon seul moyen de prolonger maman c'était de garder ses sentiments en activité. Elle avait aimé Brian Moulinat, je l'aimerais pour elle. Même sans retour.

– Tu te rends compte ? Les jumelles ont huit ans, le petit même pas six. Et la mère qui travaille aux impôts...

– C'est tragique.

On regardait la pluie tomber sur la baie vitrée, côte à côte. Mon ton neutre l'a fait se retourner d'une pièce. Elle m'a fixé avec une dureté presque méchante.

– Si tu te fais chier, tu es pas obligé de rester.

J'ai protesté, elle m'a dit que dans la vie, elle ne supportait pas les gens qui font semblant. Alors j'ai décidé d'être franc : j'ai confirmé que les ennuis cardiaques du hardeur ne me concernaient en rien ; j'étais ravi de lui avoir servi de queue de secours, mais maintenant, s'il fallait lui faire une greffe du cœur, je n'étais pas donneur.

– Pourquoi tu restes, alors ?

– C'est pour toi que je suis là.

– Et pourquoi j'aurais besoin de toi ?

J'ai cherché, je n'ai pas trouvé de réponse et j'ai préféré m'en aller avant qu'on abîme plus de choses entre nous. Je lui ai dit en remettant mon blouson qu'elle avait raison : je perdais mon temps pendant que d'autres gens avaient besoin de moi. C'était si faux que ma gorge s'est nouée quand elle m'a dit : « Je comprends. »

Elle m'a tourné le dos, elle est allée vers la machine à café, et je suis reparti sous la pluie.

Trois lettres m'attendaient à l'appartement. Deux timbres d'Afrique du Sud et une enveloppe déposée par coursier, à l'en-tête de mon club et marquée « pour mémoire ». Le président avait l'honneur de me prier à déjeuner samedi dans sa maison de campagne. C'était prévu depuis quinze jours, mais une secrétaire précisait à la main : « Départ du car dix heures, Les Trois Obus, porte de Saint-Cloud. »

J'ai posé l'invitation sur une étagère, à côté de la convocation chez le juge, et je suis allé voir mon chien. Planqué dans le placard de l'aspirateur, il n'avait pas touché à ses croquettes. J'ai parlementé cinq minutes pour le faire sortir, puis je lui ai changé sa caisse et je me suis décidé à répondre au courrier.

J'ai pris une feuille blanche et j'ai marqué « Monsieur » en afrikaans, avec une virgule. Ensuite je suis allé à la ligne et j'ai attendu. L'appartement avait changé de silence. L'odeur de Talia n'était plus là mais sa présence imprégnait tout : le désordre artificiel, les coussins creusés sur la moquette, les débris de croissants, la bouteille vide... Au bout d'un moment j'ai barré « Monsieur », j'ai mis « Père » et c'était pire.

A mon arrivée en France, il m'avait écrit au club pour me dire qu'il était fier de moi et que, si ça me faisait plaisir, je pouvais m'appeler

Dirkens-Moulinat. J'ai failli lui répondre que j'avais déjà un sponsor maillot : qu'il trouve autre chose que moi pour exporter son vin. Et puis je m'en suis voulu, par rapport à maman, et j'ai déchiré mon brouillon. Depuis il continue à m'écrire, toutes les trois semaines, pour répéter que ma mère était la seule personne bien qu'il ait jamais rencontrée, qu'il se sent doublement veuf, que je suis son remords vivant. Il me donne de mes nouvelles en tant que célébrité là-bas, il dit que ses autres fils l'ont déçu, qu'il ne demande qu'à m'aimer, et il s'étonne de mon silence.

Mais que lui dire ? On s'est vus deux fois : la première, au Salon de la Vigne, il n'a pas compris mon français ; la seconde, dans son bureau, il a laissé ses enfants officiels me mettre à la porte. Je ne venais rien réclamer pourtant, au contraire. Le recruteur français avait décidé de m'acheter à l'Ajax Cape Town et, comme j'étais encore mineur, il fallait l'autorisation parentale. Maman était morte depuis moins d'un mois, je n'avais pas d'autre famille à part le club qui m'avait recueilli, et légalement ce n'était pas suffisant. Alors j'avais donné le nom de mon père naturel. Pour quelque chose de sordide, je ne l'aurais jamais fait, je respectais la volonté de maman, mais là c'était un conte de fées. Je reverrai toujours mon arrivée à Château-Moulinat, dans la limousine noire qui traversait le vignoble. Ce n'était pas une revanche : c'était un pèlerinage en mémoire de ma mère. Et une façon de lui rendre justice : si je valais si cher tout à coup, c'est qu'elle avait quand même eu raison de me mettre au monde.

Au début, ça s'est très mal passé. A cause des conseillers juridiques qui accompagnaient mon vendeur et mon acheteur, mes demi-frères ont cru que je venais me faire reconnaître de force pour leur piquer une part d'héritage. Ils étaient encore sous le choc : Brian leur avait appris mon existence à la mort de maman, à cause du remords et de la religion qui revenait avec l'âge. Quand ils ont compris que non seulement on ne leur demandait pas d'argent, mais qu'en plus on leur en offrait pour m'autoriser à quitter le pays, le climat s'est détendu.

Mon père a quand même refusé de signer, parce qu'il n'était pas dans le besoin. Et ses enfants m'ont ouvert la porte pour que je m'en aille, sans me regarder. Brian les a laissés faire. Il faut dire qu'ils faisaient pitié, ces colosses trouillards avec leurs têtes à ulcères, clôture électrique et légitime défense. Le genre Afrikaner pur-sang qui se prend pour une espèce en voie de disparition depuis la fin de l'apartheid. Moi j'avais la vie qui s'ouvrait devant moi ; eux ils n'attendaient que la mort de leur père : je ne leur en voulais pas. J'étais un peu déçu que Brian s'écrase devant eux, mais bon. En repartant j'avais vu, sous un gigantesque arbre à lait, de l'autre côté de la pièce d'eau, la petite maison de la comptabilité où maman avait travaillé pendant six ans, avant d'attendre un malheureux événement, et j'étais quand même content de la visite. Dans mon contrat, le club s'est arrangé avec les dates pour que je sois majeur, et c'est moi qui ai reçu la prime de trois pour cent sur le montant de ma vente, que j'ai redonnée à l'Ajax pour la caisse d'entraide aux jeunes comme moi.

Je repousse la lettre de mon père et je prends celle de Jennifer Pietersen. Depuis que je suis parti, elle s'intitule « ma fiancée », alors qu'on n'a couché que cinq fois ensemble et que j'avais dû ramer six mois pour qu'elle me remarque. Évidemment, maintenant, j'ai ma tête sur les bus du Cap, les tee-shirts et les paquets de corn-flakes. Je suis un visuel qui rapporte, un produit dérivé : j'emballe les chewing-gums et je fais vendre les cœurs de palmier. Je joue chez les champions du monde. Je suis la gloire municipale, l'idole des gars de mon âge, la revanche des Afrikaners : pour une fois que notre football a l'image d'un Blanc... L'Ajax CP m'a même consacré un spot à la télé, avec un montage de mes buts – des images d'archives. Je n'en peux plus de ces courriers qui me racontent tout ce que je suis là-bas, alors qu'ici je ne suis plus rien. Au dos du brouillon commencé pour mon père, je demande à Jennifer Pietersen de ne plus m'écrire : je lui rends sa liberté, je ne suis pas amoureux d'elle, je vis

avec une actrice, je suis très heureux et je
regrette, voilà.

Je regarde les trois lignes en anglais qui
contiennent un mensonge par mot. Tout ce que
j'éprouve pour elle a été amplifié par les sentiments que m'inspire Talia depuis hier matin.
Jennifer Pietersen est douce, calme, ronde,
moelleuse de partout ; elle ne dit jamais un mot
plus haut que l'autre et fait l'amour dans le noir
avec la main sur la bouche ; c'est la mère idéale
pour les quatre enfants que je veux et nos
futures villas, qu'elle découpe dans les magazines pour me les envoyer, ressemblent à mes
rêves de môme. Rien à voir avec cette lame de
couteau qui tranche la vie droit devant elle,
cette guerrière venue du froid qui trace sa route
de bites en yaourts jusqu'à l'allée de platanes
où elle prendra sa retraite. On ne construit rien
avec une fille comme Talia. Mais ce n'est pas
une raison pour détruire le reste.

Alors je recommence ma lettre à Jennifer Pietersen, et je lui mens différemment. Je lui dis que
je me suis fait une blessure au genou qui pour
l'instant m'empêche de jouer, mais que je pense
à elle et que, même si j'aime bien Signal Hill
comme quartier, ça n'a pas le charme d'Oranje-
zicht ni Tamboerskloof – l'idéal étant tout de
même la maison rose sur les pentes de Table
Mountain avec la vue sur le cap de Bonne-
Espérance, c'est bien dommage qu'elle soit
vendue – d'un autre côté, ce n'est pas le moment

de faire des projets là-bas ; j'ai encore au moins dix ans de carrière devant moi et je peux me retrouver demain au Real Madrid, au Bayern Münich ou au Dynamo Kiev, alors on se verra bientôt chez nous pour la Coupe d'Afrique des Nations et on discutera de notre avenir, je t'embrasse.

Je plie, je cachette, je timbre. Ça ne mène nulle part, mais ça lui fera plaisir. Entretenir ceux qui m'aiment dans l'illusion est tout ce que je peux faire pour eux. Même mon argent ne sert à rien : Jennifer est d'une famille de cœurs de palmier, la meilleure marque du pays, et le vignoble de mon père tourne à plein régime. Ils jouent au cricket ensemble et j'imagine qu'ils doivent parler mariage. Maman serait si heureuse.

Je découpe dans *Match* la photo de soutien aux Restos du Cœur. Je fais tout petit entre Zorgensen et Kigaou, mais on me reconnaît bien et j'ai l'air d'être content. Je l'adresse à Brian Moulinat, dédicacée avec mon bon souvenir. Puis je prends une troisième feuille pour m'excuser auprès de Talia de ma conduite à l'hôpital. Ça ne vient pas. Finalement je décide de penser à moi et, vu le rendez-vous qui m'attend demain matin, je mange un truc au micro-ondes et je vais me coucher.

Bruno boit son café en regardant l'heure, nerveux, un gros sac de voyage à ses pieds. Dès qu'il me voit entrer, il me cligne de l'œil et me fait signe d'un air pressé de le rejoindre aux toilettes. Je prends quand même deux minutes pour dire bonjour à Jean-Baptiste qui, lui, a sa tête de tous les jours, l'un de ses deux costumes de rechange et tout son temps devant lui. Puis je descends l'escalier jusqu'aux lavabos où je retrouve Bruno surexcité. Pino Colado l'a rappelé en personne, après avoir vu sa cassette de démonstration : il est engagé et part en Sardaigne tourner une superproduction en décor naturel.

— Y a rien pour toi, malheureusement, ajoute-t-il deux tons plus bas : ils ne prennent pas d'amateurs. Et puis j'ai peur qu'on ne voie jamais ta prestation dans *Le Seigneur des Anales*, mon pauvre vieux. L'avocat de Maximo a fait saisir les bobines par un confrère, au nom de la protection de l'enfance. Paraît que Svetlana est mineure ; ça m'a foutu un choc... Tu te rends compte ? Heureusement, dans ces cas-là, c'est le prod qui va en taule. Je te brancherai sur d'autres coups, à mon retour, t'inquiète pas. La vie est belle, non ?

Je ne démens pas. Il me serre l'épaule, grimpe les marches de son grand pas de pompier qui n'éteindra plus rien. Quand je remonte dans la salle, Jean-Baptiste vide un verre de blanc en regardant Bruno s'engouffrer dans un taxi avec son gros sac. Puis il se tourne vers moi, me demande où je vais pour être habillé comme ça. Je relève un bras en me voûtant pour que ma veste ait l'air moins bien coupée, je me compose une tête de convocation aux Assedic, mais il ne me laisse pas le temps de développer.

– Il ne faut pas vous forcer pour moi, si ça repart dans votre vie, dit-il en me fixant de son regard éteint. Moi, si un jour je retrouvais la force d'entrer dans une salle de classe pour enseigner ce que je sais, vous ne me verriez plus.

Je sens la honte chauffer mes joues, je hoche la tête et je commande un chocolat, comme ça, pour faire quelque chose de nouveau. Comme son cartable n'a pas l'air vide, ce matin, je lui demande si son projet de la semaine dernière – devenir professeur par correspondance – s'est concrétisé. Il hausse les épaules, sort du cartable un gros paquet cacheté en papier kraft, à l'en-tête d'une maison d'édition.

– Je suis allé le chercher à la poste : j'avais un avis du facteur. Ce que j'écris ne rentre pas dans ma boîte aux lettres, ajoute-t-il avec une résignation crispée.

Je saute sur l'occasion de le mettre en valeur :
– Ah bon, vous écrivez ? C'est quoi ? Des romans ?

– « Monsieur, me récite-t-il en guise de réponse, nous vous remercions de l'envoi de votre manuscrit que nous avons lu attentivement, mais qui, à notre grand regret, ne correspond pas à la ligne éditoriale de notre maison. Veuillez agréer... » C'est toujours la même lettre, qu'ils aient lu ou pas. Un jour, j'ai envoyé la page-titre et quatre cents feuilles blanches : réponse identique.

Je remue mon chocolat en lui demandant d'un air intéressé quel est le titre.

– *Pour en finir avec les assassins de la langue française*, répond-il en empochant sa monnaie. Bonne journée.

Je le regarde partir dans son costume bleu aux manches plus claires : peut-être un souvenir de craie. Et ça me fait une espèce de joie. De fierté. Bien sûr je suis triste pour lui, mais je me dis que si je cesse de venir prendre mon petit déjeuner ici le matin, avec le départ de Bruno, il se sentira doublement seul. C'est bon de compter pour quelqu'un, même si c'est par défaut.

Je sors derrière lui, je remonte la file des taxis qui attendent à la station, et je descends dans le métro. A la quatrième marche, mon portable me sonne. Deux bips longs, un court : je viens de recevoir un Texto. Je m'arrête, prends mon téléphone et commande la lecture du message. L'écran m'affiche sur trois lignes :

большое
спасибо за
наталью

Dans le doute, je souris aux renfrognés qui remontent à la surface autour de moi, en me

114

contournant d'un air hostile. C'est peut-être une insulte, mais ce n'est pas son genre : elle l'aurait laissée de vive voix sur la messagerie. Non, si elle a utilisé le Texto, et dans sa langue natale, c'est sûrement par pudeur. Ou par fierté. C'est un mot d'excuse, une déclaration d'amour ou le nom d'un cabaret russe où on fera la paix.

Je compose son numéro de mémoire, et puis je me dis quand même qu'il vaudrait mieux savoir à quoi je réponds avant de répondre.

– ... date à laquelle vos salaires de joueur ont été versés au compte d'une holding domiciliée aux Bahamas, qui contrôle la société civile immobilière possédant votre appartement parisien et votre automobile de course. Vous m'écoutez, monsieur Dirkens ?

Je relève les yeux de mon genou gauche. En fait non, je n'écoutais pas. Je continue à me demander comment Talia a fait pour m'envoyer un message avec des lettres qui n'existent pas sur mon portable. Cela dit, ce n'est peut-être pas un tour de force, dans ce sens-là, si elle a un téléphone avec des touches qui lui permettent d'écrire son alphabet.

– Confirmez-vous les renseignements en ma possession, monsieur Dirkens ?

– J'sais pas. Faut que je voie avec mon agent.

– Je crois que dans votre situation, un avocat serait plus indiqué.

Je repense à celui qu'on a vu débarquer sur le tournage, et je réponds d'une moue sceptique.

– Je vous rappelle que vous vous présentez seul à une convocation de témoin assisté, alors que dans ce cas la loi autorise la présence de votre défenseur. Persistez-vous dans votre choix, ou souhaitez-vous que j'ajourne cette audition, le temps que vous contactiez un avocat ?

– Non, non, allons-y. Comme ça c'est fait.

Elle me dévisage en joignant le bout des doigts devant son nez, elle dit très bien et elle recommence à me bombarder de questions ponctuées par les tic-tic du type derrière moi, qui pianote la conversation sur son clavier.

– Avez-vous encaissé personnellement une commission sur le montant de votre cession par l'Ajax Cape Town, montant évalué à trois millions d'euros ?

– Non.

– Quelqu'un a-t-il touché cette commission en votre nom ou à votre place ?

– Non. Enfin si : j'ai touché trois pour cent, mais je les ai pas encaissés. Je les ai donnés à l'Ajax.

– Pourquoi ?

– Comme ça. Gentiment.

– Gentiment ?

– Pour la caisse d'entraide.

– C'est cela, fait-elle avec un air entendu. Quelle est votre nationalité, monsieur Dirkens, à la date d'aujourd'hui ?

– Sud-africaine, je crois.

– Vous croyez. Pourquoi ? Vous avez déposé une demande de naturalisation ?

– Il faut voir avec le club.

– J'ai vu avec le club. Êtes-vous actuellement sous le coup d'une promesse de vente ?

– Je ne suis pas au courant.

– Avez-vous été contrôlé par la DNRAPB de Nanterre ?

– La quoi ?

– La Direction nationale pour la répression des atteintes aux personnes et aux biens, qui présentement convoque sur commission rogatoire les soixante-dix-huit joueurs professionnels extra-communautaires en poste en France, pour vérifier leur titre de séjour et les conditions dans lesquelles il leur a été délivré.

– C'est mon agent qui s'occupe de ces trucs.

– Qui est votre agent ?

– Étienne Demazerolles.

– Je vois.

Elle referme la bouche et tourne la tête vers la fenêtre. Les doigts du type derrière s'interrompent au bout de trois secondes. Je reste seul avec le tic-tac de la pendule.

– Avez-vous entendu parler de l'arrêt Bosman, monsieur Dirkens ?

Je réponds oui : c'est grâce à lui que je suis ici.

– Je vous demande de bien réfléchir à cette réponse. L'arrêt Bosman, rendu par la Cour européenne de justice en 1995, instaure la libre circulation des joueurs au sein de la communauté européenne, à l'instar des travailleurs, des capitaux et des marchandises. Nous sommes d'accord ?

– Oui.

– Mais cet arrêt ne concerne *que* les joueurs européens, monsieur Dirkens. Je vous rappelle que désormais, en France, un club ne peut utiliser plus de trois extra-communautaires par match, sous peine de voir invalider le résultat – d'où la nécessité de procurer aux joueurs concernés un passeport de l'Union européenne. Quelle nationalité votre club envisage-t-il – ou vous a-t-il obtenue ?

– Ça dépend.

– Ça dépend de quoi ? Du pays qui vous rachètera, ou du stock disponible sur le marché ?

– Je ne comprends pas.

– Êtes-vous sûr de ne pas être grec, monsieur Dirkens ? Ou portugais.

– On ne m'a rien dit. Mais si vous avez des tuyaux...

– Ce que j'ai, c'est la liste des condamnations de vos collègues trouvés en possession de faux passeports volés dans les consulats de ces deux pays. L'article 441-3 du code pénal les punit d'une amende de trois mille cinquante euros, ce qui n'est rien vu le montant de vos salaires, mais également de deux ans de prison ferme, ce qui signifie pour vous la mort sportive. Suis-je claire ?

– Moi aussi, je suis clair ! J'ai mon passeport sud-africain à moi chez moi, il est complètement vrai et il va jusqu'en 2006 ! Je peux aller le chercher, si vous me croyez pas.

Elle pose la boucle d'oreille avec laquelle elle était en train de jouer, se lève, ouvre un tiroir derrière elle, prend un petit dossier, se rassied et s'y plonge, comme si je n'étais plus là.

Au bout d'un moment, je sors mon portable de ma poche et fais défiler le menu.

– Je ne vous dérange pas trop ? dit-elle sans s'arrêter de lire.

– Je pensais qu'on avait fini.

– Non, monsieur Dirkens. Et je ne vous ai pas autorisé à téléphoner, que je sache.

– Ce n'était pas pour téléphoner, c'était juste pour vous demander un renseignement.

Elle relève la tête, regarde le portable que j'ai déposé au milieu de son sous-main. J'indique l'écran et je lui demande si, à son avis, c'est de l'ukrainien. Un de ses sourcils grimpe au-dessus de la monture en plastique jaune.

– Il semble que ce soient des caractères cyrilliques, oui, mais je ne parle pas les langues slaves – pourquoi ? Vous désirez connaître la nationalité du club qui vous contacte ?

Je souris de sa méprise, lui réponds que non, non : c'est personnel. Simplement je m'étais dit qu'ici, avec tous ces tribunaux, il devait y avoir des traducteurs.

– Ainsi vous ne seriez pas venu pour rien. C'est cela ?

Je crois que je l'ai vexée. J'éteins le portable avant de le ranger, pour montrer ma bonne volonté et qu'on en finisse vite.

Elle redescend dans son dossier, laisse retomber le silence. Le type derrière en profite pour se moucher. Elle tourne une page mais elle fait semblant de lire : je sens bien qu'en réalité elle réfléchit.

– Qu'est-ce que je peux vous dire d'autre ? fais-je avec une bonne humeur de maître d'hôtel qui attend la commande.

Elle referme son dossier et pince sa boucle d'oreille sur son pouce droit, les yeux dans mes yeux.

– Je vous écoute.

– Ah. Bon. Eh bien... Je suis milieu droit au départ, mais l'Ajax m'a utilisé en attaque dans l'équipe junior dès la saison 97-98, et j'ai marqué trente-huit buts en...

– Ce sont les conditions de votre présence sur le sol français qui nous occupent aujourd'hui. Avez-vous des déclarations à faire concernant votre club actuel ?

– Non. Ça va.

– Vous n'avez disputé qu'un seul match, en un peu plus de neuf mois, je me trompe ? Pourquoi ?

– Faut demander aux entraîneurs.

– Le dernier en date, que j'ai placé sous mandat de dépôt lundi matin pour infraction à la législation fiscale et abus de biens sociaux, est actionnaire dans la même holding offshore que vous, laquelle a par ailleurs financé, sous couvert d'une société-écran, la campagne législative du frère du président de votre club en 1997. Le saviez-vous ?

Je réponds que je n'ai jamais rencontré le président ni les trois derniers entraîneurs.

– Savez-vous ce qui a motivé votre mise à l'écart ?

Je tourne les yeux vers la fenêtre. A chaque passage de camion, les vitres sales tremblotent dans les feuillures. Il faudrait remettre du mastic.

– Vous avez été blessé ?

– Oui.

– Où ça ?

Je ne vais pas lui répondre « au plus profond de mon cœur » ; je sais me tenir.

– Que s'est-il passé, monsieur Dirkens ?

Je hausse les épaules. Elle n'a qu'à lire *L'Équipe*.

– Vous éprouvez une douleur morale, un sentiment d'injustice, lorsque vous mettez en balance votre palmarès passé et le sous-emploi dans lequel on vous cantonne en France. C'est cela, n'est-ce pas ?

Voilà qu'elle joue les psys, maintenant. Dans

122

un sens, je préfère. Je hoche la tête en avalant mes lèvres d'un air penaud, pour qu'elle se sente flattée d'être tombée juste.

– A qui en voulez-vous en particulier ?

– A personne, madame le juge.

– Madame « la », si ça ne vous ennuie pas.

Trop heureux de changer de sujet, je lui réponds que ça ne m'ennuie pas ; simplement ça me paraissait moins français, mais c'est sa langue et elle sait mieux que moi. Bingo : elle se met à me donner un cours sur la féminisation du vocabulaire qui est une victoire historique de la cause des femmes, face à la position rétrograde des académiciens français qui ont tenté de justifier la suprématie du masculin en l'assimilant à un genre neutre désignant la fonction. Je renchéris qu'en effet, ils ne manquent pas d'air. Elle va pour continuer, mais j'en ai un peu trop fait ; elle se rend compte que je noie le poisson et pose les doigts à plat sur son sous-main.

– Savez-vous ce qui est au centre de mon instruction, monsieur Dirkens ? Des faits extrêmement graves, qui font un devoir au législateur de défendre les joueurs comme vous face aux pratiques délictueuses, voire criminelles, en vigueur dans le football européen. Je suis donc votre alliée. Et j'ai conscience de l'influence considérable, tant économique que politique, des lobbies qui vous exploitent. Je sais que vos employeurs font des pieds et des mains pour que je sois dessaisie de mon dossier, mais j'ai le soutien total de la garde des Sceaux, alors peu m'importe que les puissances financières auxquelles je m'attaque en appellent à « l'amour du sport » pour me transformer en bouc émissaire aux yeux de l'opinion publique !

– En chèvre, non ?

– Pardon ?

– Vous ne dites pas « en chèvre » ?

Elle marque un temps d'arrêt, puis recule dans son fauteuil en faisant un signe à son secrétaire, sans doute pour qu'il efface ma dernière déclaration. J'ai l'impression que je vais avoir du mal à ramener l'interrogatoire sur le terrain du vocabulaire.

– Vous savez qu'aux yeux de la loi vous êtes un sans-papiers, monsieur Dirkens ? Vous êtes entré en France avec un visa de tourisme obtenu par votre club, valable trois mois et non renouvelé. L'importance de votre salaire mensuel ne vous met pas à l'abri d'une expulsion immédiate, suis-je claire ? Vous avez donc tout intérêt à coopérer avec moi pour les besoins de votre cause.

Je lui réponds OK, sans problème, en levant les mains pour arrêter les hostilités. Elle me demande ce que je pense de Jo Akita, le coach qu'elle a placé en détention préventive il y a huit mois. Je réponds qu'il a fait une belle réussite à la Juventus Turin. Elle me dit qu'en effet la justice italienne a demandé son extradition. Je précise qu'il est arrivé au club huit jours après moi et qu'il n'est resté que deux semaines. Elle demande s'il a exercé sur moi une incitation au dopage. Je me mords les lèvres pour ne pas rire.

– Parlez sans crainte, monsieur Dirkens.

Je hoche la tête. Tout ce que je peux dire contre lui, c'est qu'il a poussé des cris d'horreur en lisant les fiches d'alimentation qu'il nous avait données à remplir pour qu'on fasse connaissance. « Des pizzas ! Vous mangez des PIZZAS ? » Il a commencé notre entraînement en nous supprimant toutes les matières grasses, les protéines et le gluten qui ne cadraient pas avec sa technique de jeu. Il les a remplacés par du fer, des antioxydants contre les radicaux libres, des sels minéraux, des intégrateurs, du poisson vapeur et du chou rouge. Le principal résultat est qu'on s'est mis à péter dans les frappes croisées ; du coup on se donnait moins à l'entraînement et il nous engueulait deux fois plus. Personnellement, son régime m'avait cassé, j'étais devenu incapable d'anticiper une action, je gargouillais du matin au soir. Ce n'était peut-être pas une raison suffisante pour le jeter en prison, mais enfin je ne peux pas dire non plus que je le regrette.

Elle m'écoute avec une patience crispée dans un sourire horizontal, et le bout de son crayon fait tap-tap contre sa lampe.

– Je vous rappelle que sa mise en examen fait suite à la plainte de l'ancien défenseur latéral Julio Cruz, accusant les produits dopants de l'avoir rendu quasiment aveugle, et que vos sarcasmes aggravent votre refus de témoigner.

– Je ne refuse pas : je dis qu'on nous a fait manger des trucs dégueus soi-disant pour notre bien. Moi je faisais confiance : je ne suis pas allé analyser...

– Les entraîneurs suivants ont-ils continué cette politique d'encouragement au dopage passif ?

– Je ne sais pas : je n'étais plus à l'entraînement.

Elle plaque une nouvelle feuille sur le bureau, en montant sa voix d'un cran :

– En 1998, monsieur Dirkens, dans le pays de vos ancêtres, on a découvert près de Bruxelles trente-cinq joueurs africains clandestins, tous mineurs et parqués à même le sol dans un entrepôt désaffecté, en attente de recruteurs. Qu'avez-vous à répondre à cela ?

Je réponds que c'est affreux, mais qu'il y a une petite erreur. La famille de mon nom est venue d'Amsterdam pour s'installer en Afrique du Sud, pas de Belgique – cela dit, personnellement, je ne connais de la Hollande que les fromages, alors voilà : c'était juste une parenthèse. J'ajoute pour détendre l'ambiance :

– Et vous-même, vous êtes d'où ?

– Lyon, dit-elle d'un ton tranchant, comme

si le nom suffisait à lui-même. Vous mesurez la gravité de ce que je viens de vous apprendre, jeune homme ?

Je mesure. Je m'identifie autant que je peux aux clandestins stockés par terre, mais je trouve ça un peu indécent, par rapport à ce que je gagne. D'un autre côté, ils ne sont pas seuls dans leur cas et, maintenant qu'on les a découverts, il n'y a qu'à les indemniser et punir les coupables. Moi, je ne vois pas qui je pourrais attendrir.

– En France, la loi interdit depuis l'an dernier les transactions commerciales sur les mineurs. Vous devez être conscient que votre silence entérine et proroge une situation scandaleuse qui s'apparente à l'esclavage, tout en sous-trayant les responsables aux poursuites que j'intente contre eux. Monsieur Dirkens, étiez-vous mineur au moment de votre achat ?

Je réfléchis. Comme mon père n'avait pas voulu m'authentifier en signant l'autorisation parentale, on avait avancé la date sur mon contrat de vente, et donc je n'étais plus mineur. En même temps je pense aux types dans l'entrepôt de Bruxelles. Mais je ne suis pas non plus une balance. Et je ne veux pas que ça retombe sur l'Ajax, qui n'était pas obligé d'obéir à une loi française et qui ne voulait que mon bien. Alors je me contente de répondre ce qui est d'ailleurs la vérité : j'étais majeur à la date du contrat.

– Roy Dirkens, je vous rappelle que tout ce que vous me déclarez sera vérifié et pourra, le cas échéant, être utilisé contre vous.

– Attendez, madame... Je suis une victime ou un suspect ?

– Si vous refusez de vous soumettre aux lois qui vous protègent et d'aider à confondre les coupables, vous devenez une victime consentante et donc, aux yeux de la justice, un complice.

Le mot me fait bondir. Tout ce que j'avale sans rien dire depuis des mois me remonte soudain à la gorge, et je tape du poing sur sa table :

– Mettez-moi en prison, pendant que vous y êtes ! Sympa, vot' justice ! Vous dites les Belges, mais je vois pas la différence avec me foutre dans un entrepôt !

Il y a eu un froid. J'ai senti dans ses yeux qu'elle ne m'aimait pas du tout. J'étais là pour accuser des Français, pas pour insulter la France. Je n'avais pas de sentiment particulier pour la Belgique, mais je ne sais pas pourquoi, cette Lyonnaise avec son petit air d'honneur national bafoué par la comparaison avec des Belges, ça me donnait envie de cogner. D'autant plus qu'au lieu de se fâcher, elle s'est rejetée soudain en arrière avec satisfaction, comme si elle venait de marquer un point.

– Je comprends votre colère, et je la partage. Votre solidarité envers vos collègues de Bruxelles est tout à fait légitime, et nous savons pourquoi.

Elle se tait en me passant la parole du bout des cils. Qu'elle ne compte pas sur moi pour répéter son pourquoi avec un point d'interrogation. Elle contourne mon silence en enchaînant, l'œil sur un papier à sa gauche :

– Monsieur Pascal Moutier, en charge de la prospection et du recrutement au sein de votre club, a reconnu ici même, la semaine dernière, être allé rendre visite à monsieur Brian Moulinat, viticulteur à Franschhoek, Westelike Kaapprovinsie, Afrique du Sud – pourquoi ?

Je serre les poings et je corrige sa prononciation.

– Pourquoi, monsieur Dirkens ?

– J'sais pas, moi ! Pour acheter du vin.

– Non, monsieur Dirkens. Parce que, votre mère étant décédée, il fallait obtenir l'accord de votre père naturel, ce qui signifie que vous étiez mineur lors de votre achat.

– Mais merde ! Vous commencez à me gonfler, tous, avec vos magouilles !

– Lesquelles ? demande-t-elle en se penchant légèrement en avant, avec un geste de l'ongle vers le type qui tape derrière moi, comme si je n'avais pas remarqué : elle me prend vraiment pour un gland.

– Tout ! C'est pas d'être majeur ou pas à deux mois près qui est dégueulasse ! C'est de se servir de moi pour vider le virage B !

– Veuillez préciser, monsieur Dirkens.

– Y a un coin dans le virage B avec deux

cents fachos qui emmerdent le club en tant que supporters, et de toute façon le but d'un club, aujourd'hui, c'est de vider les stades de tous les connards pas chers pour faire des espaces Millenium !

– Des quoi ?

– Mais renseignez-vous, un peu ! Des espaces Millenium ! Des loges d'honneur à champagne et télés qu'on loue à l'année aux sociétés, aux VIP, aux ministères pour y mettre des stars qui font grimper les droits de diffusion ! Y en a plus rien à foutre des supporters, du peuple qui braille en s'enfilant des bières ! Faut lui interdire les stades, au peuple, et le garder chez lui devant sa télé pour lui vendre les matchs en *pay per view* : le but c'est qu'il se bourre la gueule tout seul ou qu'il se massacre chez lui entre voisins, c'est tout, comme ça on supprime les hooligans dans les tribunes, le foot devient un truc bien propre, les sponsors sont fiers d'y mettre leur nom, les clubs entrent en Bourse et les joueurs sont payés en stock-options ! C'est ça l'avenir ! C'est ça qu'ils veulent !

– Restons sur votre cas personnel, je vous prie. Ce « virage B », en quoi est-il lié à votre situation actuelle au sein du club ?

– Quand je suis entré face aux Canaris nantais, y a des types qui se sont levés en criant « Heil Dirkens ! » avec le salut nazi, voilà !

Ma voix s'est brisée, je sens les larmes qui

cognent mais je m'en fous : elle veut la vérité, elle l'a.

– Quel est le rapport ?

– Le rapport avec quoi ?

– Avec vous. Quelles sont vos accointances avec l'extrême droite ?

– Mes ?

– Vos relations.

– C'est pas des relations : c'est un coup monté ! Pour les fachos un Blanc d'Afrique du Sud c'est un mec de l'apartheid : l'idée du club, c'était de provoquer un incident pour faire intervenir la cellule antikop !

– La quoi ?

– Mais vous connaissez le foot ou pas, merde ? Le kop c'est le public pas cher qu'on entasse dans les virages, derrière les buts : grâce à moi les flics de l'antikop ont filmé les nazis en flagrant délit ; ils les ont arrêtés pour haine raciale, et comme c'était prévu d'avance ils avaient amené un procureur qui les a interdits de stade à perpétuité, voilà ! Grâce à moi ! Sauf que moi je suis assimilé, maintenant, alors j'ai plus le droit de jouer, le club m'empêche de porter son maillot pour montrer qu'il est antiraciste, et personne en a rien à foutre de moi, puisque je vais être revendu dès que j'aurai fait remonter ma cote en marquant pour mon pays dans la Coupe d'Afrique, comme ça au retour le club encaissera la plus-value de mes buts en me refilant au plus offrant, voilà !

La juge marque une pause en tripotant sa boucle d'oreille. Elle demande au type qu'elle appelle « greffier » de lui apporter ce qu'il vient de saisir. L'autre acquiesce en reprenant son souffle, un peu épuisé, lui fait une sortie imprimante qu'elle se met à lire en se massant le bout d'un sourcil, perplexe. Puis elle relève les yeux et conclut :

– Je suis désolée, on s'écarte.

– On s'écarte de quoi ?

– Dans tout ce que vous relatez, il n'y a pas matière à poursuites. Ce sont des stratégies internes, des opérations de marketing sans doute condamnables mais nullement répréhensibles, s'inscrivant dans un contexte hélas normal vu l'évolution actuelle de votre sport, et sur lequel la justice n'a pas à...

Je me lève d'un coup, renversant ma chaise :

– Normal ? Vous trouvez ça NORMAL !

– Calmez-vous, monsieur Dirkens. Je dis simplement que ça n'est pas du ressort de mon instruction.

– Alors on peut m'enculer comme on veut, ça vous regarde pas si je balance personne !

– Du calme ! Je vous rappelle qu'aux yeux de la loi vous êtes en situation irrégulière ! Si vous exercez la moindre violence, vous tombez sous le coup d'un arrêté de reconduite immédiate à la frontière !

J'hésite quelques secondes, et puis je referme la bouche, je ramasse ma chaise et je me rassieds. Avant-hier encore, je n'aurais vu dans l'expulsion qu'une porte de sortie, une façon de me tirer avec les honneurs de ce merdier dans lequel je détiens, un moyen d'aller recommencer tout de suite ma carrière dans mon pays sur des bases saines, mais aujourd'hui la France est habitée par Talia et j'ai envie de rester. Je ravale ma dignité et je présente mes excuses à madame la juge d'instruction et aux lois françaises en général : je pensais que ce qui m'est arrivé pouvait être utile à l'enquête, c'est tout.

– Vous maintenez votre réponse concernant votre majorité à la date du contrat de transfert ?

– Oui.

Elle se lève pour rendre les trois feuilles de papier à son secrétaire, me dit qu'elle revient dans un instant et sort en refermant la porte.

J'écoute les craquements du parquet, le tic-tac sourd de la belle pendule sous cloche de verre qui surmonte la cheminée condamnée. Je rencontre le regard du type qui frappe ses feuilles sur son bureau pour en faire un paquet bien droit, qu'il range dans une chemise verte. Je lui demande si je vais aller en prison. Il soupire en tapotant son clavier. J'essaie de savoir au moins si c'est grave. Il prend un air de secret médical pour me répondre qu'il n'est pas habilité à me répondre.

Je croise les jambes et je serre mon genou dans mes mains, pour la chaleur humaine. Au bout d'un moment, il me dit doucement qu'il m'a vu l'an dernier en finale de la Rothmans Cup avec l'Ajax, et que mon but de quarante mètres sur dégagement de Brett Evans était un grand moment. Je lui souris.

Lorsque la porte se rouvre, il tourne brusquement le nez vers son écran, moi vers mon genou, et cette union sacrée me venge du reste.

Comme je suis sorti libre de chez la dame, j'ai acheté une orchidée et je suis allé à l'hôpital. Au comptoir d'accueil, j'ai demandé à l'hôtesse la chambre de M. Jérôme Truchet, qui était le vrai nom de Maximo Novalès dans la clandestinité. Je me disais que Talia serait peut-être à son chevet. Bien sûr, j'aurais pu d'abord faire un saut chez elle en quittant le Palais de Justice, mais je trouvais plus délicat d'avoir l'air de me faire du souci pour sa victime.

– Vous êtes de la famille ?

– Non.

– Vous êtes un proche ?

J'ai nuancé par une moue. Le rôle de queue de secours ne me faisait pas entrer forcément dans la catégorie.

– Un collègue de travail ? a-t-elle ajouté plus bas en se penchant en avant.

J'ai compris dans ses yeux que l'identité secrète de Jérôme Truchet avait dû faire le tour du service. J'ai opiné d'un air discret.

– Chambre 648, a-t-elle murmuré avec un sourire chaud, comme si c'était son numéro à elle. On lui a fait un pontage, tout va bien, on le garde quelques jours en observation... Il faudra qu'il se ménage, désormais.

J'ai dit merci madame et j'ai marché vers l'ascenseur d'un pas sensuel et velouté, pour lui faire honneur parce qu'elle était vraiment très moche.

La chambre 648 était pleine de fleurs et de chocolats, mais Talia n'était pas là. Le hardeur ponté de frais, un pull en cachemire mauve noué par-dessus son pyjama, parlait dans un micro et je suis resté un moment sur le pas de la porte, pour ne pas l'interrompre. Ses cheveux teints frisottants, ses yeux pochés, ses joues creuses et ses rides de soleil lui donnaient l'air d'un de ces anciens joueurs qui commentent les matchs en voix off.

– Il ne faut pas oublier qu'à l'époque, virgule, le précurseur que je fus pouvait encore mener une vie absolument normale en dehors de l'écran, virgule, car mes films ne passaient que dans des salles spécialisées et pour un public qui se cachait, deux points : j'aurais été bien en peine d'imaginer qu'un jour je serais starisé par l'intermédiaire des cassettes et des passages télé, parenthèse, ce qui n'est pas le cas des jeunes de maintenant qui n'ont pas fait trois films et sont traités comme des vedettes dans les talk-shows des chaînes normales entre

136

guillemets avant d'avoir prouvé leur talent et leur capacité à durer, fermez la parenthèse, ce qui fait beaucoup de tort à la mentalité en vigueur dans le métier aujourd'hui – qu'est-ce que tu veux ?

Il m'a découvert sur le seuil, a éteint son magnétophone et m'a dit que je n'avais pas l'air con avec mon pot. J'ai précisé que c'était une orchidée. Il m'a dit que c'était le geste qui comptait et que je pouvais entrer deux minutes. Je me suis assis dans le fauteuil en plastique.

– Ça me touche que tu sois venu en dépit des circonstances, a-t-il dit sur le ton endimanché avec lequel il dictait.

Je lui ai demandé si c'était un roman. Il a haussé ses épaules en cachemire.

– Ça fait un an que j'ai signé pour mes mémoires, et j'en suis toujours à l'introduction. Je pensais que ça irait tout seul, mais c'est fou, ce que tu as vécu, dès le moment où tu dois trouver les mots... Pourquoi celui-ci et pas celui-là, pourquoi raconter ça et pas autre chose... ? Les états d'âme, quoi. Bref, j'ai Gallimard aux fesses : ils sont hystériques parce que Grasset les a pris de vitesse en éditant les mémoires de la petite Raffaëla. Ils me font marrer, tiens ! Elle a vingt-cinq ans, ça fait moins à écrire ! En plus elle est à la retraite depuis trois ans, elle ! Moi j'enchaîne les films : un jour en Allemagne, un jour en Grèce, un jour à l'île Maurice : quand je me concentre pour un tournage, je n'ai pas le temps de repenser au passé. Ils m'ont dit de prendre un nègre, je veux bien, mais là aussi il faut être disponible pour choisir la personne, ce n'est pas évident que le courant passe ! Non, c'est un problème. Enfin, à quelque chose malheur est bon : je vais avoir le temps de m'y mettre, maintenant.

Il a regardé tristement sur le drap le micro qui pendait entre ses jambes. Et, gravement, il m'a dit que s'il avait le courage, il allait raconter sa panne avec Talia, et ses combats de tous les jours entre l'alprostadine, l'Ixense et l'Uprima pour rester à la hauteur de sa légende malgré les années, l'écœurement, les enfants et les tentations d'une vie de famille sans histoires : il avait beaucoup réfléchi depuis hier, et finalement les lecteurs seraient peut-être davantage émus par ses défaillances que par ses prouesses. Mais c'était un choix de carrière, pour la suite. Faire envie ou pitié, il fallait prendre une option et s'y tenir.

Il m'a demandé ce que j'en pensais. J'ai répondu que je connaissais un écrivain très bien, qui se posait le même genre de problèmes et qui serait peut-être content de l'aider. Il m'a dévisagé avec une grimace amusée, m'a dit que si c'était moi, pas question : je lui avais déjà pris sa partenaire, il n'allait pas me filer sa vie. Je l'ai rassuré, j'ai cité les diplômes de la personne et il s'est senti flatté. J'ai demandé combien ça rapportait.

– Je donne dix pour cent de mes droits d'auteur et le quart de mon à-valoir : si le gars fait l'affaire, c'est normal qu'il s'y retrouve.

Il m'a dit de l'amener pour faire un essai ; ça serait plus stimulant de parler directement à un être humain qu'à un micro. On s'est félicités l'un l'autre, et puis je lui ai demandé si Talia était venue le voir. Il s'est assombri, m'a dit que non et qu'il ne fallait rien attendre de ces filles de l'Est qui sont des profiteroles : chaudes dehors et la glace dedans. J'ai préféré changer de sujet et, comme on n'avait plus rien à se dire, on a parlé politique. Ses idées commençaient par : « Moi qui suis de gauche », et se terminaient par la condamnation des écolos qui l'empêchaient de rouler dans Paris. J'ai hoché la tête encore quelques minutes, pour le climat de confiance, et je m'apprêtais à me tirer quand une dame est entrée. La cinquantaine, assez tendue mais plutôt classe. Comme elle n'apportait rien, je me suis dit que c'était sa femme.

J'ai fait « Salut, Jérôme » avec délicatesse, et « Pardon, madame » sur le seuil de la chambre. Elle m'a demandé à mi-voix si j'étais Roy. Je me suis arrêté, cueilli. J'ai confirmé. Elle a reculé de trois pas dans le couloir pour sortir de son sac une enveloppe qu'elle m'a tendue avec un sourire d'obsèques :

– La comédienne qui jouait avec mon mari

est allée chercher nos enfants à l'école, hier après-midi, et me les a gentiment amenés à la recette des impôts. Elle m'a expliqué les circonstances de son malaise et m'a dit que, par décence, elle ne retournerait pas le voir à l'hôpital, mais elle m'a prié de laisser cette lettre dans la chambre, à l'attention d'un ami qui viendrait sûrement.

J'ai regardé mon prénom souligné trois fois sur l'enveloppe bleu pâle. En échange, je lui ai déclaré que son mari avait bonne mine et je lui ai fait tous mes vœux de rétablissement.

– C'est ça, a-t-elle dit avec une crispation triste.

Et elle est entrée lui donner des nouvelles des enfants, de la mutuelle et des travaux de chaudière.

J'ai attendu d'être sur le parking pour ouvrir l'enveloppe. C'était sans doute la traduction du Texto de ce matin.

Lundi 20 h, bar du Fouquet's ?
Fais-toi beau.

Ça ne disait rien de personnel, et je crois que ça m'a fait plus d'effet qu'une déclaration d'amour ou une politesse machinale du genre « Tu me manques », « Je t'embrasse » ou « Je regrette la façon dont on s'est quittés ». Ce que j'appréciais le plus, en fait, c'était la signature : un T suivi d'un point. Rien à voir avec les fioritures compliquées de sa photo dédicacée. Là, ça faisait intime, naturel, déjà vu : ça nous donnait des rallonges en arrière et de l'évidence dans le futur. Cela dit, lundi, c'était loin. Fallait-il attendre ou lui dire que j'avais envie de la voir plus tôt, ce que peut-être elle espérait ? Je ne voulais pas non plus avoir l'air trop accro. Et puis « Fais-toi beau », non seulement c'était vague, mais moyennement sympa à la deuxième lecture. Quant au point d'interrogation, il pouvait concerner aussi bien mon acceptation que son incertitude. Ce qui l'intéressait surtout, j'avais l'impression, c'était de jouer avec moi. De parier sur mes réactions.

Je l'ai appelée. Trois tonalités dans le vide, et puis ça s'est mis à sonner occupé. En voyant mon numéro sur son écran, elle avait éteint pour ne pas me parler. Ou elle avait fait une fausse manœuvre. J'ai attendu qu'elle rappelle. Au bout de cinq minutes, c'est moi qui l'ai fait. Je suis tombé sur la messagerie. Je n'ai pas laissé de message.

Il était une heure et demie, je me sentais grognon tout à coup, et comme je n'avais pas envie de me prendre la tête et que d'autre part j'avais faim, je suis allé en métro jusqu'au café de la Grande-Armée en espérant trouver Jean-Baptiste.

Le professeur de français déjeunait d'une chope de bière et d'un croque-monsieur, au comptoir. On ne se connaissait que du petit déj, mais peut-être qu'il avait ses habitudes ici à chaque heure de la journée. Je lui ai proposé qu'on aille s'asseoir dans un box. Il m'a répondu qu'il préférait vivre debout, d'un ton si amer que je n'ai pas insisté. J'ai commandé comme lui et je lui ai demandé s'il connaissait les éditions Gallimard. Il a tendu sa main gauche devant lui et replié le pouce.

– Quatre, a-t-il précisé au bout d'un moment, en regardant trembler ses doigts. Quatre refus, et le cinquième en attente. Je leur renvoie le manuscrit tous les deux mois, sous un autre titre, en espérant tomber sur quelqu'un de nouveau.

Alors je me suis lancé, avec les précautions d'usage. Je lui ai dit que peut-être ce qu'il fallait, pour être édité, c'est avoir déjà un pied dans la maison. Il a confirmé en ricanant dans sa mousse. Je lui ai demandé si éventuellement il serait d'accord pour gagner de l'argent en aidant une personnalité à écrire sa vie. Par psychologie, je n'ai pas spécifié tout de suite qu'il s'agissait des mémoires de sa queue. Il m'a répondu :

– Ne rêvons pas. Même pour être nègre, il faut être connu.

– Sauf que là, c'est le négrier qui t'a choisi.

Il m'a regardé, l'œil vide au-dessus de la chope. Alors je lui ai expliqué la situation. Et j'ai vu ses lèvres trembler tandis que je racontais, en version soft, ma rencontre à l'hôpital avec ce comédien connu qui cherchait un écrivain stylé pour mettre sa carrière sur papier, et comment j'en étais venu à penser que ce serait bien de les réunir, si personnellement il n'avait rien contre le cul, parce que c'était une vie assez remplie, mais si ça le branchait il fallait commencer tout de suite : l'éditeur était pressé.

Il a avalé sa salive pour arrêter ses larmes, a hoché la tête, commandé un autre demi et la même chose pour moi. On a observé son silence pendant quelques minutes, et puis il a murmuré, en s'excusant d'avance pour la banalité du propos, que c'était un conte de fées. J'ai dit oui, sans penser à y mettre un peu de modestie. J'étais si content de me retrouver, cette fois, de l'autre côté de la baguette magique.

Il a bu une longue gorgée et m'a dit qu'il espérait, au moins, que j'avais un pourcentage. Je lui ai répondu qu'il pouvait être tranquille, avec un petit air retors pour diminuer sa gêne. Alors il m'a demandé combien. J'ai dit « trois », au hasard, et il a trouvé ça beaucoup. C'est quand même incroyable, les gens. Il a ajouté qu'en être réduit à ces extrémités, quand on est agrégé de lettres classiques, n'oblitère pas la dignité ni le sens des proportions.

– Quel monde de voleurs ! a-t-il marmonné en vidant sa bière.

J'ai répliqué sèchement que c'était une blague : je ne toucherais rien sur leur bouquin, ils s'arrangeraient entre eux avec l'éditeur. Et j'ai attaqué à grandes fournées mon croque-monsieur, tandis qu'il justifiait sa muflerie par l'intégrité, le code moral et le nombre de Kronenbourg. J'étais blessé de sa réaction, mais je me consolais en me disant qu'après tout il me servait juste de prétexte ; c'était pour Talia que je jouais les entremetteurs, pour qu'elle comprenne bien que je n'en voulais pas au type qui lui avait fait l'amour avant et après moi : au contraire, sa reconversion littéraire me tenait à cœur, maintenant que le pauvre était obligé par notre faute de renoncer au show-baise. La deuxième partie du croque est mieux passée. Finalement, l'hypocrisie lucide est un assez bon remède contre la déception.

— Et où est-il hospitalisé, le Saint-Simon des roupettes ?

Je lui ai donné l'adresse et je suis parti en lui laissant l'addition.

Sur le trottoir de l'avenue, j'ai vu la porte Maillot bouchée par les gens qui partaient en week-end. La perspective du vendredi soir tout seul avec la télé géante et le chien dans la cuisine m'est soudain tombée sur l'estomac. Alors j'ai fait une chose que j'allais regretter tout le samedi : j'ai slalomé entre les pare-chocs jusqu'aux boutiques du Palais des Congrès, je suis entré chez X-Vidéo et j'ai acheté une cassette de Talia.

A dix heures du matin, le taxi m'a arrêté porte de Saint-Cloud, devant Les Trois Obus. Un type que je ne connaissais pas m'a demandé mon nom, sur le trottoir.

– Numéro 39, Roy Dirkens.

Il a regardé sur sa feuille, m'a cherché, ne m'a pas trouvé, a tourné deux pages et m'a coché dans une liste alphabétique. Celle des écartés, des réservistes. Je n'ai rien dit et je suis monté dans le car.

Ça faisait drôle de les voir tous en costume, certains cravatés, d'autres avec l'écharpe du club en foulard. Moi on m'avait dit barbecue : j'étais en jean et polo. J'ai lancé un bonjour général ; j'ai obtenu un « T'as vu l'heure ? », quelques « Salut », et j'ai fait semblant de ne pas entendre le « Heil Hitler » marmonné par M'Gana, né à Dreux, pour qui Sud-Africain blanc signifie antinoir, et je peux dire ce que je veux : c'est marqué dans mes gènes.

Je m'assieds à côté de Wishfield, l'Australien acheté un peu après moi pour raisons audiovisuelles aussi, mais qui joue de temps en temps, lui, depuis qu'on lui a trouvé un grand-père grec. C'est l'un des seuls qui ait toujours été sympa avec moi, parce qu'il ne parle pas français. Il tire une drôle de tronche, ce matin. Je lui glisse *what's new*, il me répond qu'il a surfé cette nuit sur le site du club, et qu'il s'est vu dans les joueurs à vendre. Il est très vexé de l'avoir appris comme ça. Pour le détendre, je lui demande si c'est une petite annonce du genre : « Suite à mauvais résultats dans le championnat, important lot de joueurs top-niveau à saisir. » Il hausse les épaules. Alors je le rassure sérieusement : ils veulent faire monter les enchères sur Internet pour gonfler sa cote, le jour où il aura envie de partir. Il me réplique d'un air désespéré que justement : il est à vendre depuis quinze jours, et il n'y a pas eu une seule demande. Je ne trouve rien à répondre. Et j'évite de m'informer si moi-même je suis proposé à la vente. Je me doute bien que non, même en solde. Ils font une vitrine : ils ne vident pas le grenier.

Point-com, l'attaché de presse du club, un agité gluant qui s'occupait d'une chanteuse avant nous, postillonne dans le micro que c'est une occasion exceptionnelle de se rappeler qu'on est une grande famille, et qu'il faudra se tenir bien, manger de tout et être sages. Mes coéquipiers le sifflent, le bombardent à coups d'invitations roulées en boule, et il se rassied pour bouder en sortant des papiers de sa mallette.

C'est la première fois qu'on est tous réunis, les quarante-cinq ou presque : il ne manque que les suspendus, les mis en examen, les blessés pour de bon, le Coréen prêté à la Corée pour son service militaire, et Lemarchat qui s'est suicidé le mois dernier. En fin de contrat à trente-trois ans, le club ne l'avait pas fait jouer deux saisons de suite et, pour ne pas perdre pied, il allait s'entraîner avec l'UNFP à Clairefontaine, remplaçant dans l'équipe des chômeurs du foot. Il m'y avait emmené, quelquefois. Évidemment, je n'avais pas le droit syndicalement de jouer avec eux, en tant qu'étranger, mais ça m'avait fait un bien fou de voir deux vraies équipes de vrais copains disputer, sans autre enjeu que la victoire, un vrai match où chaque joueur à tour de rôle entrait sur le terrain. A l'enterrement de Lemarchat, il y avait son ex-femme, le secrétaire général du syndicat, une couronne avec le nom du club, et moi.

– La clim ! gueule Hazimi, deux rangs devant, la gloire du moment, acheté vingt millions au Barça à la mort de Lemarchat, et qui est sensible aux courants d'air depuis qu'il s'est rasé le crâne pour éviter le témoignage des cheveux dans les contrôles antidopage.

– T'as qu'à mettre ton bonnet, conseille Vibert qui est chauve aussi, mais lui on dit que c'est la testostérone.

– Je t'emmerde, réplique Hazimi.

C'était une de mes idoles, avant de le connaître. A la télé, il dit des choses du genre : l'équipe doit s'adapter à mon style de jeu. Dans le *France-Football* que je viens de déplier, on raconte que depuis son but de mercredi dernier contre Arsenal, son prêt avec option d'achat est en discussion à l'Inter Milan, avec plus-value de cinq millions pour nous. A part ça on est une grande famille.

Je tourne la page et commence à lire le compte rendu du 3-0 qu'ils ont encaissé à Madrid, lorsqu'une feuille s'intercale entre le journal et moi. Point-com nous distribue un questionnaire. Il dit que c'est pour le nouvel entraîneur.

– Qui c'est, encore ? ronchonne d'un air lugubre Thierry Cayolle, notre capitaine, déclaré positif à la nandrolone au tour préliminaire de la Ligue des Champions, en attente de suspension.

– Une surprise, sourit Point-com. Vous verrez sur place.

– C'est ça ! Ils vont nous le servir au dessert, il sortira du gâteau en criant « Youpi » ?

– Écrase, conseille Zorgensen, qui lui se dope à la créatine, mais qui n'est plus suspendu depuis qu'elle est légalisée.

Je regarde le formulaire. A part des questions de culture générale comme « Quel est le vrai nom de Pelé ? » ou « Quel joueur de l'AS Monaco a réduit la marque face à Gueugnon en 1996 ? », il y a des trucs très techniques du genre « Hauteur réglementaire du poteau de corner » et « Vous êtes en 4-5-1 : le Real change à la mi-temps son 4-4-2 en 3-4-1-2, comment doit réagir votre coach ? » Et puis des questions subsidiaires, style « De quel signe êtes-vous en astrologie chinoise ? » ou « Quel est votre écrivain favori ? »

– Zola, y a un accent ? demande Løfstråm.

Personnellement, je réponds Gordimer Nadine, qui est notre prix Nobel de littérature. Je ne l'ai jamais lue mais ça fait du bien, de temps en temps, un peu de patriotisme.

Point-com ramasse les copies et ils se mettent à chanter l'hymne du club, qu'ils vont enregistrer dans quelques jours contre le sida. On ne m'a pas invité à la chorale. Je fais la-la-la, histoire de m'intégrer, mais surtout pour chasser l'image qui est revenue devant mes yeux. Talia sur ma télé, cette nuit, au milieu de quatre types qui se faisaient la passe. Et moi qui figeais l'image, revenais en arrière, accélérais... L'écœurement, la tristesse et la honte. Je me servais d'elle comme des milliers de personnes, j'étais passé de l'autre côté de l'écran, là où elle n'existait que pour exciter, finir en giclées dans un kleenex et ressusciter à la trique suivante. Je lui ai téléphoné pour m'excuser des images que je venais de regarder. Je voulais que sa voix réelle m'efface tout ça, en fait. Je suis tombé sur sa boîte vocale qui disait de rappeler lundi : elle tournait à l'étranger, on ne pouvait pas la joindre et elle ne savait pas interroger sa messagerie de là-bas. Tu parles. Quand on trouve le moyen d'envoyer un Texto en alphabet cyrillique, on est capable d'écouter un répondeur.

Ce n'est pas la jalousie qui m'a fait broyer la cassette d'un coup de pied avant de la jeter dans le vide-ordures : c'est le refus. C'est son corps en live que je voulais ; ses sourires et ses silences, ses détresses et sa force, ses injustices et sa générosité, ses coups de tête et ses éclats d'enfance. Je la voulais en chair et en âme, quitte à la partager, mais pas en voyeur. Je ne supportais pas qu'elle soit à la fois injoignable et à portée de main, livrée à ma télécommande et aux choix d'un cadreur. Sa dépendance rendait ma liberté irrespirable. Mais là encore je me racontais des histoires. Elle, au moins, elle servait à des gens. C'est si facile de se croire libre quand on n'est qu'inutile.

Après deux heures de route, on arrive dans une forêt encore plus décapitée que le bois de Boulogne sous mes fenêtres. Le car franchit en klaxonnant une grosse grille électrique avec des lions, des couronnes et des serpents. Et on débouche sur une pelouse rasée golf entourant un petit château de style Walt Disney. Une tente rayée comme pour les mariages abrite des chaises, des tables et un chauffage à infrarouge. Le car s'arrête à côté de la camionnette du traiteur.

On descend et on se rassemble sur le gravier autour de notre capitaine qui mâchonne son chewing-gum d'un air affligé. Une jeune fille passe à cheval, nattes sous le casque, nous dit bonjour. Elle s'éloigne au trot enlevé. Commentaires. Puis le président arrive, en polo crocodile, short de brousse et sourire automatique sur son visage de robot froid. C'est la première fois que je le vois en vrai, sans ses costumes croisés et sa moue supérieure. En photo il ressemble à l'autre, le président de la Ligue nationale avec un grand P, celui qui élevait des poulets dans le civil mais ça s'est mal passé. Il nous souhaite la bienvenue, espère le soleil, serre quelques mains symboliques et m'accorde trois secondes et demie d'attention. Je ne suis pas sûr qu'il me connaisse, mais je suis le seul qui soit raccord avec sa tenue barbecue. Il demande comment nous trouvons son coin de campagne, amusant n'est-ce pas, ça change un peu du stress urbain, puis enchaîne avec le même sourire :

– Messieurs, je suis particulièrement ravi de fêter avec vous l'heureux événement qu'on vient de m'annoncer voici une heure : la juge Cournon, qui s'acharnait sur nous depuis des mois, vient d'être dessaisie de son dossier.

J'applaudis comme les autres, pour ne pas

faire tache, mais ça me paraît un peu bizarre qu'on soit invités depuis quinze jours pour fêter la nouvelle qu'il vient d'apprendre ce matin. Je me dis que le hasard a le bras long.

Il ajoute avec un retour de crispation qu'on est là pour se détendre, et qu'on ne parlera donc pas de Madrid. Puis il nous emmène visiter un carré de barbelés où il cultive personnellement les carottes du jardin. Il explique le choix de la terre, les variétés, les croisements, le fléau des lapins, l'influence de la lune. Le 12, dont j'ai oublié le nom, lui confie que lui aussi, quand il plante ses pétunias à l'île de Ré, le meilleur moment c'est à la pleine lune. Le président le toise, lui réplique sèchement que les carottes ne sont pas des pétunias, et que la campagne c'est bien parce que ça permet de se connaître mieux. Le 12 acquiesce en baissant la tête. Pour faire oublier son penalty raté contre le Real Madrid, il faudra qu'il trouve autre chose.

Les pieds gorgés de gazon en bouillie, on fait le tour extérieur du château, dont le président nous raconte l'histoire de 1910 à nos jours. Un portable dans chaque poche fessière de son short, il récite son commentaire avec le langage fleuri et chiffré des agents immobiliers. A se demander si le but de l'invitation n'est pas aussi de fourguer sa résidence secondaire au plus offrant.

Je m'approche des petits arbres riquiqui entre leurs gros tuteurs. Chacun porte une photo accrochée sur le tronc, à la façon des affiches « Wanted » dans les westerns. Ça représente un cèdre bleu, un chêne immense, d'autres espèces dont je ne connais pas le nom. Peut-être en mémoire des arbres qui étaient plantés là avant. Je suis étonné de cette délicatesse chez un homme d'affaires qui nous achète, nous revend, nous fait fructifier ou nous jette sans trop de problèmes d'humanité. Il précise, en me voyant regarder la photo d'un remplacé, que sa femme ne s'est pas encore remise de la tempête de 99 : dépression forestière. Il ponctue d'un soupir, les yeux au ciel, me demande si je suis marié. Le 12 me prend de vitesse pour raconter d'un ton solidaire ses ennuis avec son épouse qui ne comprend pas les sacrifices qu'il doit faire pour le foot. Le président continue sa visite guidée sans lui prêter attention, et les autres commencent à se tenir à distance du 12 comme s'il était contagieux.

Tandis qu'on passe devant les cuisines, une jeune femme en blouse sort les poubelles avec beaucoup de lenteur en essayant de repérer les stars. Je reste quelques pas en arrière avec le 12. C'est bon de n'être plus le seul pestiféré. Même si, lui, il a commis une faute, alors il peut toujours se racheter, ce qui n'est même pas mon cas.

Lorsqu'on a bien admiré les quatre façades et que le tour est terminé, le président nous amène sous la tente où il nous dit de nous asseoir par affinités. Genre les attaquants près du barbecue, les milieux au centre, les défenseurs en ligne devant le buffet des desserts, et les écartés complètent les tables. Une grosse mamy nous sert des jus de fruits. On dit merci madame. Ça fait de plus en plus goûter d'enfants.

Le président allume le barbecue dans un geste solennel d'inauguration officielle, nous confie qu'il ne laisse jamais ce soin à personne car c'est la seule chose qui le déstresse, et s'informe si tout le monde aime le canard. Je file un coup de coude au 12 pour qu'il évite de répondre qu'il est végétarien. Comme il avait déjà ouvert la bouche, il demande pour donner le change si ce sont les canards du jardin.

A la table des grandes personnes viennent de s'asseoir le directeur sportif et le directeur financier, deux requins de bureau qu'on ne voit jamais et qui passent leur temps, d'après *Foot-Revue*, à se faire la guerre autour de nos tarifs et de nos prestations. Ils laissent entre eux une chaise vide.

Le personnel en cravate noire nous dépose des assiettes de radis sculptés encadrant les carottes du potager en trois versions : nature, râpées, mixées. Et c'est alors qu'un petit homme en blouson gris sort du château, et se dirige vers la tente où le silence se fait d'un coup.

– Messieurs, je vous présente Arturo Kopic, dit le président comme si c'était la peine.

On se regarde, incrédules. L'entraîneur nous serre la main à tour de rôle, appelant chacun par son prénom et lui disant où il l'a vu jouer la dernière fois, ce qui nous laisse quand même un peu scotchés, surtout moi quand il me rappelle le match amical contre les juniors de Bafana Bafana en 99, mon pire souvenir, avec trois buts ratés sur quatre et deux cartons jaunes, tellement j'étais furieux contre l'arbitre qui m'avait sifflé hors jeu alors que j'étais parti après la balle. Je suis consterné que monsieur Kopic m'identifie à ce jeu brouillon, hargneux qui me ressemble si peu. Son accent rocailleux mélange les pays, son regard fatigué et sa couronne de cheveux gris terne le font ressembler à un clown en civil, et on sait tous que c'est l'un des trois meilleurs coachs du monde. Toujours en mission courte, toujours engagé quand plus rien ne marche et repartant dès que ça va mieux. Il casse, il reconstruit, il redonne l'élan ; l'entretien courant, il laisse ça à d'autres. Il répète que son objectif, vu la valse permanente des joueurs d'un club à l'autre, n'est pas de faire de telle ou telle équipe la meilleure du moment, mais de hisser le football mondial à un niveau plus haut. Son célèbre carnet marron dépasse de la poche droite de son blouson informe, les questionnaires qu'on a remplis dans le car sont roulés dans la gauche. Travailler avec lui, c'est la deuxième chance de ma vie, et je vais la rater parce que le directeur sportif lui a sûrement expliqué mon cas, le virage B, l'apartheid et SOS Racisme : je suis inutilisable aux yeux des sponsors et, avec ce qu'il a vu de moi dans mon plus mauvais match, aucun espoir qu'il monte au créneau contre tout le monde pour me repêcher.

Il annonce à la cantonade qu'il s'est fixé trois mois pour refaire de nous la grande équipe que nous sommes ; dès ce soir il commencera les entretiens individuels, et à présent plus un mot de foot : bon appétit. On se rassied.

– Alors, nous lance le président réjoui dans la fumée du charbon de bois, ces carottes ?

La table des défenseurs latéraux s'extasie avant même d'avoir goûté.

– Dépêchez-vous, ordonne-t-il en retournant ses brochettes, et il ajoute à la façon d'un proverbe : Le canard, ça n'attend pas.

Le craquement des carottes crues se mêle au grésillement du gras sur les braises, avec toutes les deux minutes le cul du président qui sonne. Tout en répondant, il désigne aux serveurs les brochettes qu'il juge opérationnelles, et plaque le téléphone contre sa poitrine pour demander si la cuisson est bonne. On le complimente. Il sourit jusqu'aux gencives difformes qu'il n'a jamais montrées, même lorsque son équipe a gagné la Coupe de France. C'est quand même consternant de voir ce Robocop à la tête d'une entreprise de quatre mille camions prendre son pied sur la finesse de ses carottes et le croustillant de sa viande. Tant qu'à investir, il n'avait qu'à s'acheter les étoilés du Guide Michelin, et laisser le foot à ceux qui aiment ça.

Mon regard revient sans cesse vers Kopic qui ne fixe que son carnet ouvert. Le directeur sportif bourre son oreille gauche de noms célèbres à acheter, et le directeur financier remplit la droite avec les indemnités de transfert. Une envie cuisante de rentrer dans mon pays serre mes genoux sous la nappe en papier. Mais comment faire ? Mon agent a été très clair : ils m'ont signé pour trois ans reconductibles et le fait d'être au placard ne me donne pas le droit de partir. « Pour l'instant ils ne t'alignent pas pour raison stratégique, mais ils te considèrent comme un très bon et ils préfèrent te bloquer, c'est logique, plutôt que de te remettre en circulation chez les adversaires. Tu devrais être flatté. » Mon dernier espoir était que Manchester veuille m'emprunter avec option d'achat : on ne dit pas non au club le plus riche du monde. Mais les Red Devils viennent de signer le gardien des Bafana Bafana ; ils n'ont plus besoin de moi en tant que Sud-Africain, pour le merchandising local. Et si ma blessure au genou se prolonge sur Internet, je ne serai même pas appelé en sélection pour la Coupe d'Afrique : mon pays finira par oublier un joueur qu'on ne voit jamais jouer, et je terminerai ma carrière en dépôt-vente, comme Lemarchat.

– Nein ! Rufen Sie mich Montag an !

Visiblement le président s'est trompé de fesse. Il a répondu à un appel du portable qui ne filtre pas et s'énerve en allemand pour éviter une négociation à laquelle il n'est pas préparé. Du coup il laisse brûler la brochette en cours, éteint le téléphone, demande qui la veut. Les gens regardent ailleurs. Le 12 lève la main avec enthousiasme. Kopic le note. J'espère que son sacrifice effacera le penalty de mercredi.

La dame qui a servi tout à l'heure les jus de fruits passe entre les chaises avec une carafe de rouge. Le président confie le barbecue à son directeur juridique, se dirige vers la table des attaquants et trinque avec le 7, qui a acheté une vigne la semaine dernière dans le magazine *Gala*.

– Qu'en pensez-vous, Hazimi ?

Le 7 goûte le vin, le fait passer d'une joue à l'autre, plisse les yeux, avale et laisse tomber avec une moue d'expert :

– Saint-émilion.

– C'est du bordeaux, en effet, commente le président avec une courtoisie bienveillante.

– Hein, quand j'dis ! ponctue Hazimi.

– Sauf que c'est un graves.

J'ai à peine élevé la voix. Le président se tourne vers moi, un sourcil en arc de cercle au-dessus des lunettes rondes. Tout le monde l'imite.

– T'entends l'aut' nain ? rigole le 7. C'est lui qui est grave.

Les rires fusent et calent par à-coups lorsque le président s'approche de moi avec une lenteur attentive.

– L'année ?

Je marque un temps. Les titulaires se poussent du coude en attendant que je me plante.

– J'hésite... 83, peut-être. Ou plutôt non...

J'incline devant mon nez le verre que je n'ai pas encore goûté, respire deux fois, confirme :

– 85.

Le président encaisse le chiffre sans que rien bouge sur son visage. A mesure que le silence s'incruste, le ridicule qui devait me tuer laisse la place au suspense.

– Vous êtes sûr ? demande-t-il avec une prudence légèrement inquiète.

– Absolument. Château-mission-haut-brion, pessac-léognan, cru classé de graves, 1985.

Les doigts du président se referment sur le dossier de Wishfield qui lui cède sa chaise aussitôt.

– Vous m'impressionnez, dit-il en s'asseyant près de moi. Pourquoi n'êtes-vous jamais sélectionné ?

– Pourquoi je le serais ? Parce que j'ai reconnu votre vin ?

Ma voix est restée calme et neutre, mais le silence est tel qu'on m'a entendu jusqu'à l'autre bout de la tente. Point-com se précipite pour éponger l'incident en trahissant mon secret :

– Son père est un très grand producteur viticole en Afrique du Sud, président.

– Je comprends, sourit l'autre.

– Vous comprenez *quoi* ?

J'ai parlé avec un tel mépris que Point-com recule d'un pas, horrifié.

– Que vous auriez dû me laisser une chance ? Que c'est nul de jouer avec les joueurs comme vous le faites ? Que j'ai sûrement du talent puisque j'ai un père dans votre genre qui m'a appris à faire le chien savant avec un verre dans le nez ? Mais c'est pas mon père qui m'a appris : c'est votre poubelle ! Quand on a fait le tour du château, j'ai vu les bouteilles vides devant la cuisine. C'est tout.

Un silence de mort plombe la tente. Ils attendent tous la réaction du président qui, les yeux dans mes yeux, pèse des attitudes. J'enchaîne :

– Je vais vous dire ce qui me gave le plus, monsieur le président, c'est que pour vous on est comme vos brochettes. Vous jouez à l'être humain mais vous en avez rien à foutre qu'elles crament : personne vous en voudra et y en aura toujours d'autres à griller. Mais nous, on devient quoi, nous ? C'est dégueulasse ce que vous m'avez fait, de m'envoyer sur la pelouse pour exciter les fachos et de me mettre au placard après, mais ce qui est encore plus dégueulasse c'est que ça vienne de vous. Moi j'étais fou de bonheur et de fierté quand je suis arrivé dans le pays qui avait gagné le Mondial : j'arrivais pour jouer avec des dieux, des maîtres et des copains, et j'ai trouvé quoi ? Les magouilles, les mensonges, les soupçons, la haine... Pire que la haine : l'indifférence. C'est vrai que j'étais un joueur trop perso, c'est mon défaut, mais avec vous j'aurais pu me corriger, m'adapter si on avait voulu de moi, au lieu de m'envoyer à la casse au premier match...

Un sanglot sec me barre la gorge et je reste debout, tourné vers monsieur Kopic qui regarde son assiette où il promène un bout de canard.

– C'est ce que vous avez dit à la juge Cournon ? articule le président en faisant un sort à chaque mot.

– Qu'est-ce que ça peut vous foutre ? Vous l'avez sortie, elle aussi.

Il se relève, me tourne le dos pour s'adresser aux autres :

– Il n'y avait rien dans le dossier d'instruction. Rien que les fantasmes et les délires d'une petite magistrate hystérique en mal de publicité, qui voulait se faire un nom dans les médias en tentant de salir notre club. Je sais combien elle s'est acharnée contre certains d'entre vous pour les faire craquer nerveusement – nous venons d'en voir les effets – mais soyez tous assurés de mon entier soutien. Personne ne vous ennuiera plus.

J'attends la fin des acclamations et je signale

au président que, personnellement, son entier soutien, il peut se le carrer dans le cul : je démissionne, je casse mon contrat, je lui rends son fric, son appart et sa bagnole – qu'il envoie mon agent pour signer les papiers et salut ; j'ai dix-neuf ans, je ne veux plus être un retraité ni un esclave. Et je pars en courant sur la pelouse, droit vers la grille fermée que j'escalade. Trois ou quatre essaient de me rattraper en criant mon nom et que je suis con, mais je cours plus vite et de toute façon ils s'en tapent de me ramener ou pas ; c'est juste la lèche qui motive et l'intention qui compte.

J'atterris sur la route, continue à tracer vers le village avec le pouce en auto-stop. Au coin de l'église, une camionnette Darty s'arrête. C'est un type de mon âge qui vient de livrer un congélateur et rentre sur Paris. Il écoute Skyrock, baisse le volume en arrivant sur l'autoroute pour me demander ce que je fais dans la vie. Je réponds chômeur immigré clandestin. Il me demande pardon, remonte le son et je me rends compte que voilà : je suis devenu pour de bon celui que j'avais inventé devant Talia. Pour ne plus avoir à lui mentir, ni à lui avouer la vérité, j'ai cassé la vie que je lui avais cachée. Sur le coup je n'ai pas de regrets, mais au fil des minutes la fierté de mon geste part en fumée dans les bouchons.

Darty me laisse à Montparnasse et je continue en métro jusqu'à Neuilly. Au fond du dressing, je ressors la vieille valise en plastique jaune avec laquelle je suis arrivé. Je remets dedans les cinq ou six choses auxquelles je tiens : les lettres de ma mère, le maillot de l'Ajax dédicacé par Chaka Natzulu, mes vêtements d'origine. Il n'y a plus qu'à trouver un petit hôtel pas cher qui accepte les chiens. Aller jouer demain avec mon équipe de minimes à La Courneuve. Et attendre lundi 20 heures pour me sentir vrai dans les yeux de Talia.

Assis devant une bière à la cuisine, je rallume mon portable. La voix de synthèse me dit que j'ai neuf nouveaux messages, mais c'est mon agent. De bip en bip, il passe de la colère rentrée à l'impatience, puis de l'excitation à l'inquiétude. Les trois derniers messages ne contiennent plus que son prénom et l'heure. Je le rappelle. Il me dit que bravo, je suis un sacré malin : il ne sait pas quel numéro de charme j'ai fait chez le président, mais Arturo Kopic l'a contacté pour prendre un verre avec moi d'urgence.

– Comme quoi, tu vois, un placard on sait quand on y entre et jamais quand il se rouvre. Tu as eu raison de m'écouter, de faire profil bas : maintenant qu'ils t'ont oublié, ils te redécouvrent ; alors à toi de te défoncer pour obtenir ta sélection. Je dis à Kopic dans une heure, OK ? Tu as un endroit ?

– Café de la Grande-Armée.

– Rappelle-moi pour me raconter, je t'embrasse.

A trente pour cent de commission sur mes primes de match, je comprenais son enthousiasme. J'aurais dû refuser. J'avais coupé les ponts et on me tendait la main : c'était trop tard. Ma valise était faite, ma décision prise, je ne voulais plus croire, donner ma confiance, me faire avoir... Et pourtant je me souriais tout seul, dans la glace du couloir, comme au Cap le soir où le recruteur m'avait choisi.

J'ai pris une douche pour avoir l'impression de changer de jour, et je suis allé m'allonger avec les lettres de Jennifer Pietersen. Elle ne m'avait connu qu'en état d'espoir et de bonheur, elle ; je voulais effacer avec ses mots les neuf derniers mois, redevenir le Roy de l'Ajax Junior, retrouver mon rêve intact et mes illusions en ordre de marche, pour me donner une chance de repartir.

Je sépare le papier à lettres jaune pâle des photos de maisons à vendre qu'elle a découpées dans les magazines, notées de zéro à dix avant de me les proposer. Et soudain mes doigts se crispent sur une coupure de *Homes Direct*. Une propriété cotée sept et demi, présentée en trois photos. Je fixe la première. Incrédule. Fasciné. En plein cœur du « Coin de France », entre Stellenbosch et La Provence, à quelques kilomètres de chez mon père. Un petit portail en bois blanc. Et une allée d'eucalyptus dont on ne voit pas la fin, un tunnel de branches qui s'achève dans un virage. Exactement la vision que Talia m'a décrite, les platanes en moins. Les deux autres photos montrent un ranch à la mode afrikaner, pignons baroques blanchis à la chaux, volets vert sombre, et une piscine qui donne sur un vignoble en pente vers une pinède hérissée d'outeniquas géants, avec au loin le mémorial des protestants massacrés en Europe.

Je laisse aller ma tête en arrière, ferme les yeux. Et je me retrouve en train de faire l'amour à Talia devant quarante personnes, plongé dans son regard où nous étions seuls sur terre. Le portable sonne. Je suis tellement sûr que c'est elle que je prends l'appel sans vérifier le numéro sur l'écran.

C'est Samba, mon capitaine des minimes. Avec la rage dans chaque mot, il me dit qu'il y a eu de la baston à La Courneuve et que les keufs ont chargé. Je ne comprends pas tout, sauf que le terrain sera impraticable demain pour notre match contre Bobigny, et que de toute façon à l'intérieur de l'équipe, maintenant, il y a deux bandes qui veulent se fracasser.

Je le console comme je peux, tout en essayant de le préparer à l'idée que moi-même je ne serai peut-être plus aussi disponible qu'avant... Il répond que je suis un salaud de bouffon comme les autres, un bénévole de merde, et il raccroche. Je suis déçu, en même temps je le comprends, je me dis qu'il n'a pas complètement tort. Et j'évite de prendre pour un signe l'effondrement de ce que j'ai construit avec ces mômes, au temps où c'est moi qui avais besoin d'eux.

Le comptoir est désert. Il est assis dans un box, au fond, sous une lampe dépolie, il a disposé devant lui des pistaches dont il modifie l'alignement, avec des coups d'œil fébriles vers son carnet marron. Un trait de crayon barre un nom. Il retire la pistache concernée, l'ouvre et l'avale. Il relève les yeux, jette les coques dans le cendrier pendant que je m'assois.

– Alors ?

Je réponds en écartant les mains sur la table, devant sa ligne d'attaque. Ouvert à tout, remis à neuf.

– Pourquoi je veux te voir, à ton avis ?

– Je ne sais pas... Parce que je suis parti avant le dessert ?

– Pourquoi tu as fait cette colère ? Pour moi ?

– Je n'avais pas prévu... Je vous admire beaucoup, monsieur Kopic.

– Pas besoin. Sois toi-même, c'est tout ce que je demande. En une phrase, dis-moi ce que je dois savoir pour te connaître. Oublie ton palmarès et le virage B : j'ai lu. Donne-moi une clé pour le reste. Une phrase.

Je reste muet, le regard dans ses petits yeux mornes qui attendent sans ciller. Que répondre à ça ? Toute ma vie se bouscule, des centaines de moments et d'images se télescopent, et en même temps rien ne mérite une phrase. *La* phrase. Pourquoi retenir tel événement, tel sentiment plutôt qu'un autre ? Il y a ce qui est important pour moi, et puis ce qui peut lui être utile, et même si c'est la même chose je n'arrive pas à choisir. Entre Chaka Natzulu m'apprenant le ballon en fauteuil roulant et les nuits de ménage avec maman dans les bureaux vides d'Adderley Street, où je jouais à diriger le monde à huit ans au fond des sièges en cuir ; entre les bouteilles de mon père dans le coffrage de la baignoire et les lettres d'amour qu'il n'avait pas ouvertes ; entre le jour où je lui ai parlé français, sans qu'il me comprenne ni devine qui j'étais, et celui où il a laissé ses vrais enfants me virer ; entre mon nom sur un maillot parisien et ma tête sur les bus du Cap ; entre la France qui ne veut plus de moi et Talia qui m'a choisi... Où est la clé, dans tout ça ? Et où est la serrure ?

– Ne cherche pas, Roy. Donne-moi l'image qui te vient. L'image qui te va.

Je baisse les yeux sur les coques de pistaches au fond du cendrier.

– Pendant un mois, là où je loge à Paris, chez

le joueur qu'on a vendu pour m'acheter, il y a eu deux araignées dans la baignoire de la chambre d'amis. Je fermais à clé pour ne pas que la femme de ménage les tue parce qu'elles faisaient l'amour tout le temps, je crois, enfin chaque fois que je venais les regarder j'avais l'impression qu'elles s'arrêtaient à cause de moi, et puis ça fait une semaine qu'il n'en reste qu'une, et je ne sais pas si c'est du cannibalisme, il paraît que ça existe chez les araignées, la femelle qui mange le mâle après l'amour, mais je n'ai pas de preuves et je préfère me dire que c'est une dispute, alors j'ai envie de lui apporter un remplaçant, à celui qui reste, mais je n'arrive pas à savoir si c'est le mâle ou la femelle, et je me dis aussi que l'autre va peut-être revenir un jour par le siphon... Voilà, dis-je après un silence, pour transformer l'incertitude en conclusion.

Il m'a écouté pensivement, avec un encouragement du menton à chaque pause.

– Tu es seul, quoi.

– Oui. Ça doit être ça.

– Tu as tout sacrifié au foot et la Terre s'est habituée à tourner sans toi. Pas de petite amie ?

– Dans mon pays, j'avais – enfin, c'était pas non plus... Et ici... bon, je peux pas vraiment dire...

Il acquiesce, soupire, me rappelle que l'état de vide c'est très bien, à condition d'en faire quelque chose. Je suis d'accord. Il me regarde avec plus d'amitié que tout à l'heure. Ça ne veut pas dire qu'il me comprenne ; peut-être que, simplement, il s'identifie.

– Pour qui tu as le plus de haine ?

J'hésite, projette sur la formation des pistaches les têtes de mon club, sans succès.

– Pour des types que je connais pas, qui sont capables d'enfermer un petit chien avec deux pitbulls dans une cabine téléphonique.

– Tu fais quoi de ta violence ?

– Rien. J'allais jouer à La Courneuve, avec les gosses des cités.

– Ils te rappellent d'où tu viens ?

– Les autres, j'ai rien à leur dire.

Il pose les coudes sur la table et se penche en avant.

– Moi non plus, Roy. Les enfants gâtés qui vendent leur image aux marques, les people qu'on voit autant dans les défilés et les spots de pub que sur la pelouse, les stars aux enchères qui font trois clubs dans la saison, c'est plus des joueurs, c'est des intermittents du spectacle, des stock-options qui feraient mieux d'afficher leur cotation sur leur maillot ! J'appelle pas ça une équipe, j'appelle ça un catalogue. Même bons individuellement, ils donnent rien en valeur ajoutée. Bon joueur à tant de zéros plus bon joueur à tant de zéros égale nul ! Où est l'enjeu collectif, le besoin, la rage ? Que veux-tu que je fasse avec eux ? J'arrive de l'équipe d'Iran, la misère et les mafias religieuses, et le foot qui est le dernier rempart humain, le seul recours à part Dieu : là j'ai un rôle, et je peux agir ! Tu joues mercredi.

Je serre les fesses sur la banquette pour ne pas crier de joie, sauter au plafond, le serrer dans mes bras. Je me contente d'une moue volontaire.

— Sous réserve de ta forme à l'entraînement. Tu crois que tu es rouillé ?

— Non.

— La Lazio Roma, tu en penses quoi ?

— Les pires supporters du monde.

— Caractéristiques de jeu ?

— Tacles en petits ponts, fauchages bidon en limite de surface, longs ballons dans le dos de la défense.

— Tu te sens de les bloquer ?

— Plutôt de les contrer. L'interception, c'est mon point faible.

— Tu seras milieu droit, comme à tes débuts : c'est de là que tu gères le mieux tes appels de balle. Je te laisse en retrait des attaquants pour que les Lazioles se concentrent sur eux, j'ouvre en 4-4-2, tu es libre de tes espaces. Je veux que tu marques dans les cinq premières minutes. Accélération plein axe et feinte sur le gardien : tu ne rates jamais un contre-pied, mais ici personne ne le sait. Après tu laisses faire le jeu, vous passez en 3-4-1-2, je fais monter Hazimi en pointe, et toute l'équipe a

pour consigne de mettre les Romains en situation de penalty : les énerver assez pour qu'ils
vous chargent dans la surface au lieu de faire
semblant d'être fauchés. Vu l'état de votre jeu
collectif, je n'ai pas le temps de vous faire
travailler autre chose que le retournement de
leur tactique. C'est Cayolle qui transformera le
premier péno. Toi ensuite. Vous êtes les deux
seuls à avoir la rage que je veux. La blessure,
l'injustice, l'envie de venger. Tout le match, je
veux que tu penses à Greg Lemarchat. Des
questions ?

J'avale ma salive, complètement largué par
son contrôle, ses ruptures, ses ordres martelés
du tranchant de la main sur la table.

– Pour mon passeport, comment ça va se
passer ?

– Très bien.

– On me fait grec ? Portugais ?

– Pas besoin : je n'aligne que trois extra-
communautaires et tu en fais partie. Autre
chose ?

– Pour Cayolle, c'est un super-joueur, je suis
content, mais par rapport au dopage...

– Il nie et je le crois. Un de vos anciens
coachs vous a donné des compléments alimen-
taires dont vous ignoriez la composition : moi
je ne vous donne rien et ça me suffit. Si Cayolle
est suspendu, je le remplacerai, s'il ne l'est pas,
il reste votre capitaine. Gordimer Nadine, c'est
quel genre de livres ?

– Des prix Nobel.

Il rassemble les pistaches au bord de la table, me regarde en biais, laisse tomber :

– Faudra que je lise.

– Moi aussi.

Il sourit, creuse sa main, et les pistaches sélectionnées regagnent leur soucoupe.

– Tant qu'on me dit la vérité, Roy, je fais confiance. Quel est le problème ? Je te sens soucieux.

– Le président, après ce que je lui ai balancé tout à l'heure... vous croyez qu'il voudra, pour moi ?

– Primo, il faut qu'il perde l'habitude de décider à la place des entraîneurs. Deuzio, il veut quoi ? Que je vous remonte en haut du tableau. Et mercredi c'est avec toi ou c'est sans moi. Qu'est-ce qui ne va pas ?

– Rien, c'est génial, mais... Je n'arrive pas à croire qu'un homme comme vous parie sur un type comme moi.

– Pourquoi ?

– Je n'ai jamais fait mes preuves, monsieur Kopic. J'ai marqué trente-huit buts en solo, c'est tout. A la fois je manque d'expérience et je me suis usé depuis que je suis en France, je le sens bien. Pas le physique, le mental.

Il m'offre une cigarette, en allume une, et referme son carnet marron.

– N'oublie jamais de douter, Roy. C'est ta force. J'ai vu quand je t'ai parlé de ton match

173

contre les Bafana, pour savoir ton regard sur ton jeu. Si on n'est pas conscient de ses limites, on ne les dépasse jamais. Alors dis-toi que le discours que je t'ai tenu, je vais peut-être le répéter à chacun des titulaires, pour qu'il se croie l'axe du jeu comme toi, mais ce n'est pas sûr non plus.

Il pose une main douce sur mon épaule. La tête dans mes coudes, j'ai craqué et je pleure sur la table.

– C'est bien, fils. La victoire, pour moi, c'est pas seulement un score, c'est un état d'esprit, d'accord ? Et plus on gagne mieux c'est, mais l'important c'est de pas se perdre.

Je me redresse, lui demande pardon de m'être étalé devant lui. Il me répond merci, puis me désigne sa montre et m'indique la sortie d'un coup de menton. Il a dû grouper ses entretiens ici, dans ce café où je m'enfonçais de matin en matin, entre deux autres exclus, pour éviter de me perdre complètement – il a raison. Si je suis repêchable aujourd'hui, pour lui, c'est que je me suis laissé couler en apnée, quand la vie devenait irrespirable.

– Rentre chez toi et dors. Entraînement lundi huit heures.

La voix de Talia me trouve sur le trottoir, deux ou trois cents mètres plus tard, dans le même état. Elle me demande si j'ai eu le message pour lundi. Je réponds oui. Elle dit que c'est gentil d'être allé voir Maximo. Elle rentre

174

de Sardaigne, elle est contente, dix heures par jour, des partenaires shootés à mort, c'était l'horreur mais bien payé, elle a pensé à moi, elle m'a écrit une carte postale qu'elle a oubliée à l'aéroport, Bruno Pitoun m'embrasse, ils n'avaient pas de scène ensemble et il est tombé amoureux de sa partenaire, ils ont décidé de prolonger hors caméra en visitant la Corse, elle a hâte de me voir, mais elle préfère récupérer cette nuit et qu'on se voie demain. Je pense la même chose. Je n'ai pas envie de tricher, ce soir. Pas après le moment que je viens de vivre.

– Ou si tu es pris, on se voit que lundi soir, dit-elle en traduisant mon silence. Ou on se voit plus, si t'en as marre, c'est pas un problème.

– On déjeune demain ?

– Royal-Monceau, dans le hall à treize heures. 35, avenue Hoche.

– D'accord. J'ai pas mal de choses à te dire...

– Tu as une drôle de voix. Tu es pas tout seul ?

– Voilà.

Au fond c'est plus simple, et ça rééquilibre.

– Excuse-moi. Tu fais comme tu veux, bonne soirée.

Elle coupe. J'éteins mon portable en lui en voulant un peu. De quoi ai-je envie avec elle, maintenant ? Comment l'emmener avec moi dans cette nouvelle vie qui commence lundi ?

Je rentre en me répétant le discours de Kopic,

je me couche sans manger, je m'endors tout de suite, j'ouvre un portail blanc et je passe la nuit à marcher sur des pistaches dans une allée d'eucalyptus.

– On arrête de criser, OK ? dit-elle en stoppant devant moi au milieu du hall, les cheveux essorés dans un chignon qui goutte et une robe en daim noir collée à la peau. Tu m'as énervée l'autre jour à l'hôpital, je t'ai dérangé hier soir, on est quittes et on oublie. Bonjour ?

– Bonjour.

Elle noue ses bras autour de mon cou. Elle sent le chlore et le sauna.

– Je tiens à toi, Roy, et j'ai pas de temps à perdre. On se dit adieu ou on déjeune ?

Je pose mon sourire sur ses lèvres en disant :

– J'ai faim.

– Moi aussi.

Et, bras dessus bras dessous, on fonce vers le restaurant défendu par un maître d'hôtel en smoking. Sagesse, résolutions, scrupules : rien de ce que je me suis raconté en son absence ne tient la route quand elle est près de moi. J'ai l'impression qu'on ne s'est pas quittés, ou alors juste une heure, pour se changer.

– Elle est publique, ici, la piscine ?

– Non, j'ai une chambre.

Je ne demande pas de détails. C'est elle qui m'en donne : elle ne supporte plus Annouck Ribaz, elle s'est payé une nuit de palace avec ses deux jours de tournage, tant pis pour moi si je n'étais pas libre.

– Tu me l'as proposé ?

– Ça se fait pas : tu étais en main. Et puis je vais te dire, le vrai luxe, pour moi, c'est toute seule dans un king-size à zapper sur trente chaînes en mangeant des Mars. Hello, j'ai réservé deux couverts, chambre 549.

Le videur ne lui répond même pas. Il fixe mon blouson.

– Je regrette, monsieur, mais au restaurant gastronomique la cravate est obligatoire.

Je m'excuse. Talia enfonce ses ongles dans mon bras, son corps raidi contre le mien. L'autre me désigne le rideau du vestiaire avec un air indulgent :

– Mais il est possible de vous dépanner.

Une dame sort du rideau avec une cravate à rayures bleues, et me la donne en me disant s'il vous plaît. Je vais pour me dépanner, et puis je croise le regard de Talia et je reconnais l'expression. Cette colère contenue devant une injustice, cette lueur d'impatience et d'humiliation à me voir traité comme un figurant qui doit se mettre en conformité pour ressembler aux autres. Alors, très fort, je demande au maître d'hôtel :

– Vous auriez une culotte pour mademoiselle, aussi ?

Trois tables se retournent. Le type reste la
bouche ouverte, la dame du vestiaire se fige
dans son sourire à pourboire. Talia éclate de
rire et me roule une pelle en se frottant contre
moi. A l'aveuglette, je rends la cravate. On ressort en se tenant la main et on va manger dans
un Mc Do.

– J'ai vu un reportage hallucinant sur Pla-
nète, hier soir, attaque-t-elle en déballant son
cheeseburger. Ils ont trouvé dans le Vaucluse
une mâchoire de cent quatre-vingt mille ans :
le mec avait perdu toutes ses dents mais les
alvéoles étaient cicatrisées et complètement
bouchées, preuve qu'il avait survécu des années
avec son handicap.

Je compatis, mais je ne vois pas l'intérêt. Les
yeux brillants, la voix surexcitée, elle me dit
qu'il n'y a qu'une seule explication, vu que les
hommes préhistoriques n'avaient pas de mixeur :
ils mâchaient la nourriture de leur copain.

– Tu te rends compte, la solidarité ? s'émer-
veille-t-elle, et elle se referme aussitôt : A part
ça, on évolue.

Elle dévore son cheese en six bouchées, siffle
mon Coca, termine mes frites, dénoue ses cheveux pour qu'ils finissent de sécher. J'adore la
voir sans maquillage, son paquet de mèches
lourdes sur le côté de la robe en daim qui
pompe l'eau et devient moche. Je la regarde

vivre de toutes ses forces pour oublier les arrêts
sur image d'avant-hier soir, quand je la figeais
entre ses partenaires pour essayer de la reconnaître.

– Quel est le problème, Roy ? Tu m'admires
ou tu me compares ?

– Ça t'est arrivé de te caresser devant tes
cassettes ?

– Rêve pas : y a rien qui m'excite moins. Et
toi ?

– J'ai vu dix minutes d'un de tes films, je
l'ai fracassé et jeté au vide-ordures.

– Sympa. C'était lequel ?

– *Les Trois Mousqueutards.*

– J'ai tourné ça, moi ? C'est vraiment des
rats, tu sais : ils récupèrent les chutes et ils les
mettent dans un autre film pour avoir mon nom
gratos au générique – remarque, tant mieux, ça
veut dire que je deviens connue. Raison de plus
pour les attaquer : Maximo me prêtera son
avocat. Tu te rappelles le nom de la prod ?
C'était une cassette ou un DVD ? Roy, tu
m'écoutes ?

J'ai plongé dans ses yeux pour chercher
l'allée derrière le portail blanc, essayer mes
eucalyptus à la place de ses platanes.

– Ça tient toujours, pour demain soir au
Fouquet's ?

Je groupe mes réponses : non et oui. Je vais
pour lui parler du message en lettres cyrilliques
sur mon portable, lui demander comment elle

180

a fait, mais elle se penche vers moi, la paille de son milk-shake au coin des lèvres, et murmure d'un air désarmé :

– J'arrive pas à savoir pourquoi je suis amoureuse de toi.

Je repose mon Big Mac dans la barquette, au ralenti pour ne pas trop montrer mon émotion, moi non plus, vu le ton banal qu'elle a employé. Je lui dis que je n'ai pas la réponse, mais que je me pose la même question.

– Parce que bon, enchaîne-t-elle, physiquement tu casses rien, sexuellement tu assures bien mais je mélange pas, côté conversation j'ai connu mieux, tu me fais rigoler mais d'habitude ça me rend triste – c'est pas un cadeau, tu sais, l'âme slave – et en plus tu es pauvre. Bref je t'aime d'amitié, mais il y a autre chose qui me pourrit la tête, et ça m'énerve. Tu m'as rendue jalouse, hier soir au téléphone : je trouve ça très humiliant.

– En plus quand tu m'as appelé, j'étais tout seul.

– C'est pire. Tu voulais me dire quoi ?

Je fronce les sourcils pour faire semblant de chercher, histoire de gagner du temps sur les aveux complets que j'ai prévu de lui faire. Seulement on n'est plus dans la même ambiance et je ne vais pas casser ce moment pour être en règle avec moi-même. Je suis celui qu'elle a envie que je sois, et voilà. Les deux personnes qui comptent le plus dans ma vie en ce moment sont monsieur Kopic et elle : tout ce qui m'importe est de leur renvoyer l'image qu'ils aiment. C'est ça mon identité. Le reste n'est que de l'état civil et du compte en banque. Je serais exactement le même si j'étais grec et dans le rouge, et je peux l'être quand je veux. Évidemment il y a les journaux, mais j'ai trois jours de répit : Kopic ne parle jamais à la presse avant les matchs. Et en trois jours je peux préparer Talia à la vie de rêve que je voudrais qu'on partage.

Elle me fixe avec l'air de compter les secondes, comme une animatrice de jeu télé, puis se lève pour aller vider nos plateaux, revient en déclarant que personnellement ce que j'ai à lui dire peut attendre demain parce qu'elle a très envie de moi.

– Tu as déjà baisé en relief ?

– En relief ?

– Avec des stries. Ça vient de sortir en grande surface : j'avais envie de l'étrenner avec toi. Qu'on se fasse une deuxième première fois...

Elle sort de son couffin un petit paquet bleu marqué *Intimy texturé*, avec un dessin de fille qui cligne de l'œil. Je croise le regard des mômes de la table voisine, et glisse l'objet dans ma poche tandis qu'ils retournent à leurs nuggets. Elle replie ses genoux sur mes jambes, demande en me défrisant une mèche si j'ai un fantasme à réaliser. Pour respecter la minute romantique, je murmure dans le creux de son oreille que j'aimerais bien lui faire l'amour dans un endroit où elle ne l'a jamais fait.

– Au musée Rodin.

La réponse a fusé, toute prête, me prenant de court. J'essaie de rester digne, de ne pas trop la jouer en défense.

– Ah. C'est joli ?

– C'est le plus grand sculpteur du monde : j'adore si c'est moi qui te le fais connaître. Et je te jure sur la tête de ma grand-mère que je n'ai jamais fait l'amour au musée Rodin.

– Bon.

Elle saute sur ses pieds et me tire par la main pour traverser le fast-food. Tandis qu'elle refait son chignon dans la glace au-dessus de la poubelle, je me colle délicatement contre ses fesses en lui rappelant que cela dit, pour aujourd'hui, comme j'ai très envie aussi, n'oublions pas qu'elle a une chambre à trois pas d'ici dans un palace.

– J'ai checké à midi. Remarque, tu as raison, allons-y : on ira plus vite.

Je cache mon soulagement pour éviter de passer pour un dégonflé, mais au bout de cent mètres la question ne se pose plus : elle demande son sac de voyage à la réception du Royal-Monceau, en sort ses rollers, me tend ceux qu'elle a piqués à Annouck Ribaz qui, d'après elle, a la même pointure que moi, et direction le musée.

Belle entrée, beaux jardins, personnel charmant, vestiaire accueillant où nous laissons nos rollers. J'ai les reins sciés par les pavés de Paris, les mollets en béton et un trac pire qu'à douze ans, mon premier match en public. Nous traversons les pièces dans le sens de la visite, admirons les sculptures, comptons les gardiens. Le parquet fait un bruit effrayant dès qu'on bouge un sourcil.

– La salle des *Bourgeois de Calais*, au premier, chuchote Talia en caressant les cheveux de bronze d'un moustachu sur une cheminée. Ils refont le plafond.

– Tu es déjà venue ?

– Seule, précise-t-elle en mâchant son chewing-gum avec un petit air prémédité qui me rend fou d'elle.

On monte l'escalier en commentant la tapisserie. On croise un groupe de Japonais à prospectus, une vieille dame, un peintre en bleu de chauffe.

– C'est bon, murmure-t-elle en pinçant mon coude. J'en ai vu deux à la cafèt', avec un peu de bol ils ne sont que trois et ils ont fini la première couche.

– Arrête... Ils ont dû fermer à clé en partant.

– Je te parie que non.

Elle tourne à gauche, fait mine d'étudier des plâtres dans une armoire vitrée, passe sans s'arrêter devant la porte marquée ENTRÉE

INTERDITE. Elle revient en arrière, on fait le tour de l'étage. Un gardien en haut de l'escalier, un autre dans la deuxième salle à droite, qui surveille avec des envies de meurtre un groupe de mômes énervés qu'une monitrice essaie en vain de calmer.

– Celui-là, c'est sans problème. Va dire à celui du palier qu'il y a un chewing-gum sur le nez de Baudelaire, à l'entrée de la rotonde. Et tu me rejoins. Si jamais c'est fermé, on se replie dans la cabane du jardin : ça vaudra quand même.

– C'est vrai, le chewing-gum ?

Elle ouvre sa bouche pour me montrer qu'elle est vide, et part flâner vers la salle des plâtres. Je m'approche d'une fenêtre. Au fond du parc, la remise à outils est ouverte et deux employés s'affairent sur une tondeuse. Je reste un moment à comparer la série des Honoré de Balzac, en miniature, en buste, en pied, en grosse tête. Puis je prends ma trouille à deux mains et vais glisser au gardien du palier l'information qu'il accueille avec un soupir consterné, avant de me remercier en me disant que les musées devraient être interdits aux moins de dix-huit ans. J'acquiesce. Dès qu'il s'est éloigné, je me dirige à reculons vers la salle défendue, essayant de repérer les caméras de surveillance.

– Fermé, chuchote Talia en me prenant le bras, et elle me remmène sur le palier.

– Faut qu'on oublie aussi la cabane : elle est pleine de gens.

Elle tourne soudain à droite, au coin de la tête d'un pape, enjambe un cordon rouge et m'entraîne sur la pointe des pieds dans un petit couloir en dalles au bout duquel elle ouvre une porte. Un escalier en colimaçon mène à un grenier mansardé, où des seaux de plâtre et des burins entourent des sculptures en cours.

– C'est l'atelier de reproduction, fait-elle en me déshabillant.

Je l'aide à retrousser la robe en daim et elle me tend ses fesses contre un établi. J'entre en elle en essayant d'oublier les dizaines de moulages qui nous observent de leurs yeux vides.

– Qu'est-ce que c'est beau, gémit-elle.

Et elle a l'air complètement sincère, comme si l'urgence était moins de faire l'amour avec moi que de le faire ici, pour me laver la tête de toutes les positions et les décors sordides où je l'ai connue jusqu'à présent, comme si les œuvres d'art avaient le pouvoir d'effacer le passé de son corps.

Du coup, j'essaie de me mettre dans son émotion et je ne sais pas ce qui m'arrive : l'odeur piquante du plâtre, la poussière, la capote striée comme un pneu neige qui renforce trop l'adhérence, la peur d'être pris en flagrant délit ou bien l'absence de public qui m'intimide, la vague de tendresse qui mollit contre elle... Ce n'est pas encore la panne, mais on s'achemine.

— Ne t'énerve pas, souffle-t-elle, ne bouge plus... On est bien. Ne pense à rien. Sculpte-moi.

Mes mains caressent, remontent, pétrissent, changent la forme et la redonnent... Ça ne me rend pas plus dur, mais elle continue de me serrer pour entretenir l'espoir. Le nez me pique de plus en plus ; je n'ai qu'à éternuer et j'abrégerai mes souffrances. En même temps je me dis ça, mais je le vis plutôt bien. Ça ne m'est arrivé que trois fois et demie, jusqu'à présent : une cuite, une crampe, une rousse qui m'avait mis des menottes et Jennifer Pietersen quand j'ai découvert qu'elle était vierge – après cinq minutes, ça s'est arrangé. Là, c'est totalement différent. C'est comme un bonus entre nous, une complicité, une confiance en plus... Ou alors elle m'a fait le point O. Bizarrement ce soupçon me redonne un coup de vigueur, en mémoire de Maximo Novalès, et la vision de ce vieux queutard légendaire, son acharnement de baiseur mort-vivant sous contrôle médical achève de me remettre en selle. Et les soupirs de Talia commencent à ne plus être d'origine artistique.

— Il y a quelqu'un ?

La porte a grincé, la lumière s'allume et, d'un commun accord, on se fige. Elle cambrée vers le plafond, moi la bouche ouverte, une main sur sa hanche et l'autre bras plié dans mon dos, statue en cours. Le gardien fait trois pas, mord ses lèvres d'un air embêté, regarde derrière lui, hésite, revient vers nous. On n'a pas bougé d'un poil. Alors il désigne le plancher, glisse doucement à Talia :

– On ferme.

Et il ressort. Partagés entre l'excitation, la tension qui se relâche et le fou rire, on rassemble tout ça et on se finit en deux minutes aussi silencieusement qu'on peut.

Au bas du grand escalier, quand il nous voit passer, très sages et contemplant les œuvres d'art, le gardien déclare d'un ton d'uniforme :

– Bonne continuation, mademoiselle, à bientôt.

– Merci, Georges.

On traverse la cour pavée jusqu'au porche, au milieu des gosses qui se bagarrent à coups de catalogues. Je lui demande si elle vient souvent.

– Toutes les semaines, quand je ne tourne pas. C'est ma cure de beauté. A un moment, j'étais devenue complètement frigide : je ne supportais plus le contact. C'est le bronze et le marbre qui m'ont réconciliée avec le sexe. Georges est très gentil, c'est un fan, il me collectionne.

Sur le trottoir, elle pose les mains à plat sur mes épaules et me dit gravement :

188

– Ça sera toujours ça, l'amour entre nous, promis ?

Je promets, sans demander si le « ça » concerne la collection de Georges, l'imprévu, la panne qui se répare, notre rire l'un dans l'autre ou l'inventaire des musées parisiens.

– Dîner chez la mère de ma coloc, fait-elle en remettant ses rollers. Elle est caution sur l'appart, et l'aut' gravat en profite pour jamais payer sa part de loyer : ras le bol. Au dessert elle me rembourse, elle reprend sa fille ou je la tue. Bisous, à demain.

Je la regarde partir en sens interdit vers les Invalides. Je ne sais pas si je suis plus amoureux du corps que j'ai fait jouir ou de la silhouette qui s'éloigne. Je suis tellement ému par cette grande fille libre qui trace sa route en zigzag pour aller plus vite ; ce mélange de force inquiète et de maladresse confiante, cette solitude de femme et cette amitié d'enfance. Je suis tellement ému par l'homme qu'elle fait de moi quand elle me quitte.

– Calculez, bon Dieu, écoutez, sentez le vent, appréciez les distances, identifiez-vous à l'odeur, à la voix ! Arrêtez de jouer les bras en avant et le cul en arrière, comment voulez-vous prendre vos appuis ?

D'accord c'est un type bien, c'est sans doute un génie, mais je préférais quand il manœuvrait des pistaches. Ce n'est plus de l'entraînement, avec lui, c'est de l'abattage. De huit heures à midi, il nous a fait enchaîner trois jeux réduits au quart de la surface avec les yeux bandés, pour nous réapprendre l'esprit d'équipe, il disait. On devait gueuler « Voy ! » à chaque attaque, donner son nom pour avoir une passe, on taclait sans savoir si c'était un adversaire ou pas, on se tamponnait autour d'un ballon rempli de grelots et chacun essayait de suivre les ordres de son gardien, le seul à ne pas avoir de bandeau, qui s'égosillait : « Cadre à gauche, le 7 ! Lucarne ! Le 15, hors-jeu ! »

Un bordel absolu qui s'est terminé par deux claquages, une entorse et des dizaines de bosses.

Et il jubilait, Kopic, il nous criait de jouer avec nos terminaisons nerveuses, nos oreilles et ce qu'il appelait « nos antennes ». Cela dit, au bout d'une heure, j'avais pris mes marques, trouvé mes appuis, je repérais les actions aux déplacements d'air et je m'orientais plutôt bien d'une cage à l'autre. Si j'avais été seul sur le terrain, j'aurais enchaîné les buts. Au vestiaire, chacun pensait la même chose en se passant de l'arnica sur les bleus, et je me demandais si Kopic, pour renforcer l'esprit d'équipe, avait fait le bon choix avec son ballon tamponneur.

Mais ce n'était qu'un échauffement. Après la pause casse-croûte, où là il aurait eu intérêt à nous bander les yeux pour qu'on ne voie pas la tronche du jambon garanti sans colorants, nandrolone, créatine ni phosphates, voilà que débarque soudain la sélection nationale de Cécifoot Handisport, les « Bleus sans les yeux » comme ils se surnomment, pour se mesurer à nous, avec leurs masques en mousse blanche au-dessus du nez et leurs guides voyants en bordure de touche. Il y a même une chienne, Maya, qui court le long des lignes en aboyant des renseignements à Bouchaïd, l'atta-quant marseillais qui dribble comme un dieu et va donner un sucre à son aide technique après chaque but.

Cette fois-ci on joue sans bandeau, nous, et ce qu'on voit est si beau qu'on encaisse 3-0 sans broncher et qu'on en redemande. Ensuite on se présente, on discute, ils nous expliquent comment les « de naissance » forment les « accidentels » et les « progressifs » ; ils nous racontent leur Coupe d'Europe, on les console de leur défaite. Ils disputeront leurs premiers jeux Olympiques à Athènes en 2004, et on leur promet d'être là.

– Moralité du jour, conclut Kopic au débriefing : vous avez des yeux, servez-vous-en. Et j'espère qu'en regardant leur jeu, vous aurez compris ce qui vous manque. Désormais vous penserez à ces Bleus-là, pour qui le foot n'est pas qu'un sport ou un jackpot, et vous jouerez pour eux. Demain je vous donnerai la composition de mercredi, et si les remplaçants ne se sentent pas aussi importants que les titulaires pendant la rencontre, c'est que vous n'avez rien compris à ce qui se passait tout à l'heure sur le banc de touche adverse. A demain, messieurs. Trois verres de vin maximum ce soir, pas de bière, et ceux qui veulent arrêter de fumer attendent jeudi. Hazimi et Vibert, que je n'ai pas encore vus en solo, six heures et six heures trente au Café du Parc. Merci.

Cassé, boitant, l'épaule à moitié démise, je quitte le stade sur un petit nuage et je rentre à Neuilly dans le cabriolet de M'Gana, qui est devenu depuis ce matin le type le plus sympa du monde, sans s'excuser de ses injures passées ni paraître gêné de sa volte-face. Je ne sais pas ce que Kopic lui a raconté sur moi pendant son entretien individuel, mais maintenant il me respecte, il s'intéresse, il m'encourage, il me demande si c'est beau Johannesburg et à quelle heure il doit me chercher demain matin. Il conduit si vite que j'en viens presque à regretter le temps où il me prenait pour un salaud de raciste.

Avec une demi-heure d'avance, je m'assieds au bar du Fouquet's, sur un fauteuil rouge entouré de vieilles photos d'acteurs. Je réfléchis à la vie et je commande quatre Coca, le temps qu'elle arrive avec vingt-six minutes de retard. Elle m'embrasse sur la joue en précisant qu'elle a du mal avec la ponctualité. Je la rassure : une demi-heure de chaque côté, on est quittes.

– Dis donc, tu es tout beau, s'étonne-t-elle sans me laisser le temps de m'extasier sur sa robe de sirène, vert bouteille à écailles de strass, boutonnée moulant jusqu'à la gorge et décolletée sur les fesses.

– C'est toi qui me l'as demandé, fais-je avec simplicité dans mon costume en lin froissé de naissance, tabac cendré sur tee-shirt noir. Heureusement que tu m'as donné la traduction, d'ailleurs.

– La traduction de quoi ?

– Du Texto.

– Du ?

Je sors mon téléphone et lui montre son

message sur l'écran. Son genou se décolle soudain du mien.

– Tu me dis comment tu as fait, pour les lettres, ou c'est un secret ?

Elle est devenue très pâle. Penchée en avant, les doigts crispés autour de l'écran, pressant la touche qui fait défiler en boucle les trois lignes du Texto. Je la relance avec une certaine fierté, pour bien montrer que je suis cultivé et que j'ai fait des recherches.

– Oui, comment tu t'es débrouillée pour envoyer un message en cyrillique sur un portable français ?

Elle pose mon téléphone sur le guéridon et répond d'une petite voix :

– C'est pas moi.

– Et c'est qui, alors ? Je connais pas d'autre Russe.

Elle se relève pour tirer sur sa robe, se rassied en me fixant.

– Ukrainienne.

Elle sort un paquet de cigarettes de son minisac assorti à la robe. Je lui tends la flamme de mon briquet. Elle retient ma main.

– Merci.

Je dis machinalement « de rien », mais il y a une vraie disproportion entre mon geste banal et l'émotion dans ses yeux. Je conclus :

– C'est une erreur, alors ? Un hasard.

Elle me répond d'un mouvement de fumée. Comme si elle me laissait décider. J'insiste :

– Et ça veut dire quoi ?

Elle tire une bouffée, écrase la cigarette, et soupire d'un air paumé :

– Si je savais...

Là encore, le ton cadre mal avec la situation. On sait ou on ne sait pas. A moins que ces trois lignes ne veuillent rien dire. Non seulement le correspondant s'est trompé de numéro, mais il a écrit n'importe quoi – ça fait quand même beaucoup. Ou alors elle ne comprend plus sa langue natale. Au bout de deux ans, je trouve ça un peu court. Je ne veux pas avoir l'air d'appuyer, alors je lui demande comment ça s'est passé hier soir, avec la mère d'Annouck Ribaz.

– Bien. Elle a commencé une chimio, elle m'a raconté sa vie pendant trois heures. Elle est si heureuse que sa fille m'ait rencontrée : ma force, ma gentillesse, mon équilibre... Elle m'a demandé de veiller sur elle en cas de décès. Qu'est-ce que tu voulais que je réponde ? Elle flottait dans sa robe : je lui ai même pas dit que je payais le loyer pour deux. Je suis vraiment une conne.

Je promène du bout de la spatule rouge la rondelle de citron dans mon verre. Il faudrait que je me lance, mais je me sens minable, j'ai honte à débouler avec une vie de rêve dans ces réalités de tous les jours où elle se débat si bien, ce sordide qu'elle affronte sans se laisser entamer. Elle pose la main sur mon genou. Je lui demande si elle a des projets.

– Et toi ? Qu'est-ce que tu fais de tes journées ? Tu continues le foot ?

– Je m'entraîne...

– C'est à lui, ça aussi ?

– Quoi ?

– Ton copain, dit-elle en pinçant le tissu de mon costume. Vous avez la même taille, c'est pratique. Tu habiteras où, quand il reviendra en France ?

J'ai un geste vague.

– Il a une famille, non ? Tu vas continuer à squatter ?

– Tu veux pas qu'on vive ensemble ? Juste pour essayer, comme ça...

– J'aime pas cet appart. Il te va pas.

– On pourrait se louer une maison.

– Une maison. Avec ton chômage et mon métier. Tu as le moral, toi.

Elle regarde sa montre, me dit qu'on va être en retard.

– On dîne pas ici ?

– Non, en face.

Elle finit mon Coca, m'empêche de payer, glisse un billet au garçon et file aux toilettes.

Je me laisse aller en arrière dans le fauteuil et répète à mi-voix la mise au point que j'ai préparée dans le taxi. Talia, je ne t'ai pas dit toute la vérité. Quand tu m'as connu j'étais au fond du gouffre, c'est vrai, mais parce que

196

j'étais parti de rien, monté au sommet d'un coup et tombé de très haut. Là je suis en train de redémarrer, et ça ne changera rien entre nous, parce que dans ma vie on a toujours tout décidé à ma place, sauf une chose : les sentiments que j'ai pour toi. Ce n'est pas de l'amour normal, avec projets de couple, jalousie, compte commun et bague au doigt. C'est de l'amour qui te respecte et qui n'est pas là pour te changer, simplement t'aider à aller où tu veux. Alors mon argent qui dort quelque part aux îles Bahamas dans une banque de sable fin, s'il peut servir à te libérer des Annouck Ribaz et des tournages...

Quand elle revient, j'ai répété cinq fois et je me sens crédible.

– Marcher dans une robe comme ça quand tu mouilles, je te raconte pas. Je suis défroissée ?

Elle tourne devant moi, je confirme, elle se penche à mon oreille :

– Tu me crois si je te dis qu'à Rodin, tu m'as donné des sensations inconnues ?

Je la crois. C'était marqué sur le mode d'emploi. Mais je ne vois pas où est la gloire : ce sont les stries qui ont fait le boulot ; je n'étais que le porte-capote.

– Grouille, on est en retard. Tu as des nouvelles de Maximo ? enchaîne-t-elle pendant que je me lève.

Je hoche la tête. Je suis passé à l'hôpital hier après-midi, quand elle m'a quitté. Comme je n'avais pas revu Jean-Baptiste à la Grande-

Armée, j'en avais conclu qu'il avait fait l'affaire et je pensais les trouver, l'un énumérant d'un air autosatisfait ses conquêtes et ses records, l'autre prenant des notes avec sur le visage toute la souffrance du monde. Mais je suis resté sur le seuil, sans les déranger, tellement j'étais surpris. Les larmes aux yeux, Maximo racontait son adolescence au pensionnat de Maubeuge, les brimades, les mortifications et les attouchements que lui valait sa difformité sexuelle chez les jésuites, et c'est Jean-Baptiste qui avait le sourire serein tout en notant goulûment sur un cahier à spirale.

– Il se remet, simplifié-je. Ils le gardent en observation, il sortira demain ou après-demain.

– A mon avis il est sorti aujourd'hui. Viens.

Sur les Champs-Élysées, elle me prend la main pour traverser entre les voitures qui klaxonnent à l'arrêt. Des robes du soir et des smokings se pressent vers des barrières mobiles où des vigiles contrôlent les invitations, parmi les flashs des photographes. Un peu inquiet, je lui demande où elle m'emmène. Mais la réponse est devant moi, sur le fronton du cabaret. Une pancarte annonce en lettres énormes :

LES VICTOIRES DU SEXE

Elle se pend à mon bras, quelqu'un crie son nom et les photographes se pressent autour de nous :

– Ici, Talia !

– Pour *Holà*, Talia !

– Le monsieur, un sourire !

– *Hot-vidéo* !

– *Paris-Match* !

– *Europe 1* : vous pensez que vous avez des chances ?

– Mademoiselle Stov, s'il vous plaît, un son pour Soir 3.

Atterré, je me recroqueville dans mes chaussures tandis qu'elle répond à tout le monde. J'essaie de reculer mais elle s'accroche à moi, me ramène devant les objectifs comme pour me revendiquer. D'autres filles arrivent derrière nous. Isis de Cèze et Svetlana viennent se greffer sur les photos en nous enlaçant, tout sourires, bonnes camarades et grande famille. Je pense à monsieur Kopic pour qui je suis un paumé solitaire, un ascète qui se couche à huit heures.

A demi planqué derrière la tignasse brushée d'Isis de Cèze, je regarde le profil de Talia rayonner sous les flashs. Ses doigts serrent mon avant-bras et je me demande tout à coup si elle n'a pas décidé de s'afficher avec moi pour faire démarrer ma carrière de footballeur. Elle doit s'imaginer qu'un match se prépare comme un film, que les équipes recrutent sur casting et qu'on a du talent si on sait se montrer. Le sourire triomphant avec lequel elle éjecte Isis du cadre, pour me ramener en pleine lumière,

confirme les soupçons. A moins qu'elle m'uti-
lise simplement comme repoussoir, pour faire
croire qu'elle est en main et dissuader les
dragueurs.

– Souris, me glisse-t-elle, c'est Canal.

Je souris. De toute façon c'est trop tard : je
m'expliquerai demain à l'entraînement.

La foule déborde, les barrières métalliques
se renversent, des gardes du corps à oreillette
dégagent le passage jusqu'au tapis rouge, nous
faisant une haie d'honneur à coups de coude
dans les fans qui tendent aux filles des auto-
graphes à signer en les appelant chérie, salope
ou madame.

Dans l'embouteillage du hall, Isis de Cèze
donne une conférence de presse devant trois
jeunes à dictaphone.

– Je ne fais pas ce métier pour le fun ou pour
la thune, mais pour sa dimension esthétique, la
beauté de la performance que je demande à
mon corps, le pouvoir qu'il me donne sur les
mecs et, mais ça je le développerai dans ma
thèse, l'état de conscience modifié dans lequel
je me montre.

– Paraît que tu t'es fait piercer le clito, on
peut voir ?

– Tu appelles mon agent.

– Et toi, Talia, c'est quoi ton plus grand
fantasme ?

– Voir un mollah tondu à la Libération des
femmes afghanes.

200

Les deux filles se regardent avec un accord au-delà de la concurrence, pendant que les trois types gloussent.

– Table 22, nous dit l'organisateur qui pointe les invitations à l'entrée du cabaret. Bonne soirée.

La salle tout en moquette bleue est décorée de couvertures géantes du magazine porno qui sponsorise. Les tables sont dressées en gradins autour de la scène ovale, où trône une statue dorée format île de Pâques, représentant un couple d'acrobates en position de 69 vertical.

– Bienvenue aux Victoires, nous déclare une hôtesse black, nue sous une moustiquaire.

Et elle nous conduit jusqu'à une table ronde à trois couverts où est assis un petit bonhomme tout vieux, en costume de velours noir et col roulé beige, en train de manger un morceau de pain. Il se lève en apercevant Talia, lui serre la main avec chaleur comme si elle venait de lui faire la charité. De face, je le reconnais, à ses joues maigres et sa coiffure ondulée. C'est le papy qui m'avait laissé la priorité dans l'escalier, le jour où je suis allé chez Talia. Une croix est fixée au revers de sa veste.

– Monseigneur, permettez-moi de vous présenter Roy, un ami. Roy, je te présente Mgr Nicolas Mikhaïlovitch. Ou c'est le contraire ? lui demande-t-elle soudain avec anxiété.

– Oui, sourit le petit vieux. On présente

toujours en premier le personnage le moins important.

– C'est ce que j'ai fait, se défend Talia.

– Non. Je suis sûr que monsieur compte beaucoup plus que moi. Il est comédien ?

– Amateur, précise Talia.

– Nous nous sommes rencontrés dans ton escalier, je crois, lui dit-il, et il me fixe avec douceur.

On s'assied. Qu'est-ce que c'est que ce cirque ? Un évêque à la remise des Victoires du Sexe, maintenant. Je viens peut-être d'un pays un peu coincé question morale, mais là, vraiment, ça me choque. Pas par rapport à moi, je ne vais jamais dans les églises. Non, je pense aux croyants. Il faut quand même un minimum de cloisonnement.

– Monseigneur est un passionné de cinéma et de théâtre, me confie-t-elle pendant que l'hôtesse remplit nos verres de champagne. Pendant vingt ans, il a été aumônier des artistes. Il m'apprend la vie.

– Les usages, corrige-t-il d'un air modeste.

Je lui demande s'il est ukrainien, lui aussi.

– Russe par mon père et polonais par ma mère, mais je suis né à Créteil : on me pardonne, ajoute-t-il avec un coup d'œil malicieux vers Talia.

L'orchestre attaque un jazz joyeux, la salle s'éteint et un présentateur arrive sur scène avec son spot, pour nous dire qu'on commence dans cinq minutes en direct sur XXL. Il félicite la chaîne pour son soutien, nous remercie d'éteindre nos portables et s'éclipse tandis que les musiciens reprennent où ils s'étaient arrêtés. La salle se rallume, le temps qu'une batterie de serveurs déposent une assiette de saumon devant chacun.

– Elle lui a écrit, dit Talia en dépliant sa serviette.

Le monseigneur repose sa fourchette, me fixe avec stupeur, puis revient vers Talia.

– Tu es sûre ?

Elle confirme en dessinant des rails dans la crème fraîche de son blinis.

– De quelle manière ? Automatique, intuitive ?

– Montre-lui ton portable, Roy.

– Mais tu sais qui c'est, alors ? Tu m'avais dit...

– Montre-lui, s'il te plaît.

– L'antenne dans deux minutes ! clame un haut-parleur.

Je sors mon téléphone avec un regard pour Svetlana, à la table voisine. Elle ne nous quitte pas des yeux en parlant à l'oreille d'un gringalet qui doit être réalisateur, vu comme les filles sont agglutinées autour.

– C'est elle ? dis-je à Talia en désignant sa collègue de l'index.

Elle fronce les sourcils, suit mon regard, évacue l'hypothèse d'un haussement d'épaules.

J'entre mon code, navigue dans le menu messages et désigne au vieux les trois lignes en caractères cyrilliques.

– Fantastique, murmure-t-il.

– Et ça veut dire quoi ?

Il relève vers moi un regard admiratif, et me demande en guise de réponse :

– Cela vous est déjà arrivé ?

– Quoi ?

– De recevoir un message de ce genre.

– C'est la première fois que je rencontre une Ukrainienne.

Il consulte en silence Talia, avec une expression d'embarras. Elle esquisse une moue résignée.

– Bonsoir et bienvenue à tous en direct sur XXL pour cette soirée des Cinquièmes Victoires du Sexe !

Un coup de cymbales lance les applaudissements. Une troupe de girls portant les trophées entre en dansant pour entourer l'animateur. Je reprends mon téléphone, l'éteins et le glisse dans ma poche, un peu agacé par ces mystères.

– Soirée exceptionnelle et palpitante où toute une profession, hier décriée et méconnue, fête ce soir avec éclat ses nombreux talents, sa bonne santé, son impact grandissant sur une société où s'écroulent heureusement tous les tabous, et, plus que jamais dans les heures difficiles que nous vivons, sa part de rêve. C'est pourquoi, sans plus attendre, pour remettre la Victoire du meilleur espoir masculin...

Je m'arrête brusquement de mâcher, sous le projecteur qui vient d'illuminer notre table. Talia fixe la scène, l'aumônier sa demi-tranche de saumon.

– ... j'appelle, en entrant tout de suite dans le vif du sujet, mesdames et messieurs, et je vous demande de lui faire l'ovation méritée, j'appelle celle que vous avez sacrée l'an dernier Meilleur espoir féminin ; j'appelle Talia Stov !

Elle se lève sous des bravos mous, ondule jusqu'à la scène avec un sourire à l'aise et dix mille étincelles de strass sur sa robe de sirène. J'en profite pour me pencher au-dessus de la chaise vide :

– Qui m'a envoyé ce message, monseigneur ?

Il me fixe et j'ai l'impression qu'il cherche la réponse dans mes yeux.

– Appelez-moi Nicolas. Ou père Miko, c'était mon surnom quand je m'occupais de ciné-club. Talia adore me donner du « monseigneur », mais je ne suis pas évêque, Dieu merci. Je n'ai fait que monter la pièce de Karol Wojtyła à Créteil en 1978, juste avant qu'il devienne pape, alors le Vatican m'a décerné pour ma retraite le titre honorifique de « prélat de Sa Sainteté », ce qui n'a pas beaucoup plus de sens que les récompenses qu'on distribue ce soir. Une pièce assez intéressante, d'ailleurs, une œuvre de jeunesse, drôle et généreuse : je vous la recommande.

Talia traverse la scène, le présentateur lui tend une enveloppe et recule jusqu'au rideau. Elle s'approche du micro, décachette avec lenteur pour faire durer le suspense et permettre aux photographes de la cadrer au mieux.

Le père Nicolas me demande sans transition comment je conçois la vie après la mort. Je lui réponds que j'ai déjà du mal avec la vie *avant* : un truc à la fois. S'il n'y a rien de l'autre côté, ce n'est pas la peine de se prendre la tête, et s'il y a quelque chose, on verra sur place.

– Pourquoi me demandez-vous ça ?

– L'âme conserve sa conscience, mon enfant, son caractère et son désir de communiquer : nous en avons la preuve depuis 1959 avec les enregistrements de Friedrich Jürgenson. Dès qu'une nouvelle technique apparaît, magnétophone, vidéo, ordinateur, les esprits l'utilisent pour se manifester.

– La Victoire est décernée à Rémi Cazel pour *La Rondelle fait le printemps* !

– Vous essayez de me dire quoi, mon père ? Que c'est un mort qui a écrit sur mon portable ?

– Non. Et c'est bien ce qui me trouble.

Je le regarde finir son saumon à petits coups de fourchette pensifs.

– Merci, bredouille le gagnant qui est monté sur scène, je suis très ému. Vraiment. Merci à tous ceux qui m'ont fait confiance et qui m'ont permis d'être là ce soir pour vous dire merci.

La lumière baisse pendant qu'il parle, et on envoie derrière lui des images du film où il se fait enfiler à tour de rôle contre un arbre par un garde-chasse et un bûcheron.

– Je veux dire aussi que j'ai une pensée spéciale pour Benoît qui sait que je ne lui en veux pas, je remercie de tout mon cœur Pino Colado qui m'a proposé ce rôle à un moment où, bon, ça n'allait pas bien dans ma vie ni dans ma tête, je dis un grand merci aussi à toute l'équipe du film et je dédie cette Victoire à ma maman. Merci.

Il repart avec son trophée, sous les bravos qui recouvrent les cui-cui de la forêt où le bûcheron le défonce. La lumière se rallume, l'écran remonte et Talia se rassied.

– Ça va, tu tiens le choc ? me sourit-elle.

– Je ne lui ai encore rien dit, précise le prélat de Sa Sainteté. Je pense que tu devrais le préparer davantage.

Elle dit OK, fait signe au serveur que sa flûte est vide. L'orchestre joue un morceau pendant qu'on nous enlève nos assiettes. Moi je ne dis rien, je ne fais pas celui qui s'impatiente ou qui cherche à comprendre, je me fous du hacker mort ou vif qui a piraté mon portable : tout ce qui me ferait plaisir c'est que Talia me « prépare davantage », parce que le souvenir du musée Rodin commence à tourner court tellement son pied reste indifférent sous le mien.

Le présentateur remet quelques Victoires sans importance pendant le gigot en croûte, genre décors et costumes, meilleure photo et producteur de l'année, puis la fanfare attaque une marche militaire pour réveiller le suspense. Le prêtre allonge la main et tapote le poignet de Talia, qui lui fait une petite grimace en serrant les dents. Je leur demande comment ils se sont connus. Ils échangent un regard attentif, comme si la question méritait réflexion.

– Par sa grand-mère.

– Et maintenant le moment que vous attendez tous : j'appelle, pour remettre la Victoire de la meilleure comédienne, celui dont le gabarit et la façon de s'en servir auront marqué à jamais l'histoire du hard, celui qui porte haut les valeurs de la France dans le monde entier : Maximo Novalès !

Un tonnerre d'applaudissements salue le pas de course du champion qui saute les trois marches et vient s'installer dans la lumière, sourire carnassier, bras tendus en V, immobile et cambré jusqu'à ce que le public se lève ; alors il s'incline, la main sur l'estomac. Vu les chuchotements, les airs navrés et les sourires en coin qui accompagnent la standing ovation, toute la salle est au courant de ce qui lui est arrivé et lui fait son hommage posthume à titre préventif.

Maximo commande soudain le silence d'un geste de magicien, prend l'enveloppe, l'ouvre en promenant sa langue autour de ses lèvres et chuchote dans le micro, de sa belle voix grave soigneusement lézardée :

– Les nominettes sont : Candy Barsac, Isis de Cèze, Noémie, Estelle Fury, Talia Stov et Li-Lin-Shan.

Je tourne la tête vers Talia qui n'a pas l'air émue, pose sa serviette sur la table et soulève mon pied pour se rechausser. Son visage apparaît sur l'écran à la suite des autres, en direct. Elle affiche le sourire sympa de la modeste qui ne se fait pas d'illusions, mais sous la nappe ses jambes sont tendues, muscles en action, prêtes à se lever.

– La Victoire est décernée à..., taquine le cardiaque en sursis qui donne de l'écho dans le micro à ses points de suspension.

Il jette un bref regard au contenu de la deuxième enveloppe, et lâche d'une voix soudain neutre :

– Talia Stov pour *Serial Niqueurs*.

Des sifflets fusent parmi quelques bravos tandis qu'elle se lève sous les flashs, le visage parfaitement incrédule et fou de joie, la bouche s'ouvrant et se refermant dans le genre poisson hors de l'eau, remerciant la profession comme si elle lui faisait un triomphe. Elle remonte sur scène, enlace avec passion Maximo, embrasse un nabot visqueux sorti de derrière le rideau avec une veste prune, qui reçoit dix fois plus d'applaudissements qu'elle, et elle prend la statuette dans ses bras comme une marraine tient le bébé qu'on lui confie. Puis la lumière baisse et l'écran diffuse un extrait. Je descends les yeux vers la chaise vide, rencontre le regard du prêtre.

– C'est truqué, naturellement, dit-il en finissant de saucer son assiette. Elle a tourné quatre fois cette année pour la maison de production qui organise le prix : les films vont sortir avec sa Victoire sur la jaquette, c'est beaucoup plus vendeur et tous les votants respectent le jeu de la triche, sinon ils se grillent dans le métier.

Plus choqué par sa décontraction que par ces magouilles infantiles à côté de celles qu'on subit dans le foot, je lui demande si tout ça ne le dérange pas en tant qu'homme d'Église. Il me répond calmement que ce qui se passe dans l'Église n'est pas toujours reluisant non plus, et que ça le dérange bien davantage.

Les cris de Talia s'interrompent sur l'écran, la lumière revient, les photographes prennent d'assaut la scène. Quand les flashs s'arrêtent, elle cesse de sourire, et empoigne le micro.

– Bien. D'abord, cette récompense, je la dédie à Roy, le premier partenaire avec qui j'ai eu un orgasme en deux ans de tournages.

Un projecteur suit son regard, toutes les têtes se tournent vers moi et je me ratatine dans la lumière au-dessus de mon gigot froid. La main du prêtre se pose sur mon poignet, dans un geste d'absolution. Quelques filles imitent le loup dans les dessins animés de Tex Avery. Talia les fait taire d'un coup d'ongle sur le micro.

– A part ça, je ne remercie personne. Les producteurs font leur boulot, je fais le mien. Et je profite de l'occasion pour rappeler à ceux qui débutent ou qui ne sont pas du métier que le sida est en augmentation constante, mais qu'un film français n'est rentable que s'il se vend dans les pays où on interdit les tournages sans capotes. Alors je pense à Serge, à Marine avec qui j'ai tourné mon premier X ; je me dis qu'au moment où je vous parle des Américains profonds ou des Scandinaves bien clean sont en train de se branler sans le savoir sur leurs cadavres, et ça me fait chier, voilà. Bonne soirée.

Elle donne son trophée au producteur qui fait semblant de compatir d'un air de victime, et quitte la scène dans un silence gêné.

– Elle s'est sabordée, murmure le prêtre. C'est magnifique, mais pourquoi ?

Je dis que je ne sais pas. Je suis bouleversé, j'ai l'estomac noué, je voudrais me tirer de ce monde pourri, sauver cette sirène qui se croit plus forte que les humains qui la feront crever, la sortir de ma tête ou l'épouser devant tout le monde, je ne sais plus où j'en suis.

– Pas mal, je crois, nous glisse-t-elle en

remettant sa serviette sur ses genoux. J'ai vidé mon sac et maintenant ils m'engageront pour la bonne conscience. Les trois types à gauche qui ont pris le fromage, c'est l'équipe de *Sex on line* : c'est surtout eux que je vise. Ils ont réagi comment ?

J'échange un regard avec le prêtre. Elle enchaîne :

– On verra. C'est quoi le dessert ?

En regagnant sa place, Maximo Novalès me dit à l'oreille, une main sur l'épaule, que la personne que je lui ai recommandée est très bien. La soirée se poursuit avec le meilleur comédien, le meilleur réalisateur et une tarte aux fraises. Quand la fanfare joue la clôture, tous les gagnants reviennent sur scène et Talia se penche vers moi avant de les rejoindre :

– Je vais avec eux à la fête aux Bains-Douches. C'est important pour la suite. On se retrouve demain midi au Muséum d'histoire naturelle, si tu veux. Ça t'ennuie pas de raccompagner monseigneur ?

On la regarde se glisser dans l'alignement des vainqueurs brandissant leurs statues.

– Je peux me raccompagner tout seul, vous savez, déclare le vieil homme. J'ai un métro direct.

– Allons-y.

Je me lève, il me suit entre les tables. Trois mains me tendent un menu à signer, en tant que petit ami de la Victoire. Un journaliste me demande quel est mon prochain film. Le producteur en veste prune passe un bras autour de mes épaules, répond qu'il a un projet pour moi. Je les envoie bouler. Quel gâchis. Juste au moment où le meilleur entraîneur du monde s'était mis à croire en moi... Une fois de plus mes rêves se cassent dès qu'ils se réalisent.

Sur scène, Talia continue de faire ses relations publiques. Buvant les paroles, remerciant, s'étonnant, assurant comme n'importe quelle fille à sa place. Je ne supporte pas de la voir comme ça. Je cherche des yeux le curé, le trouve près du vestiaire, assailli par les hardeurs. Il appelle chacun par son prénom, distribue des bises, demande des nouvelles, console Isis qui gagnera l'année prochaine, félicite la mère de Mélody pour ses confitures. Il a l'air de connaître tout le monde et tout le monde l'adore. Je lui fais signe que je l'attends sur le trottoir.

Il me rejoint vingt minutes plus tard, me demande de l'excuser : il y a tant à faire. On marche vers la station.

– Quelque chose vous contrarie ?

Je lui réplique que sa présence dans une soirée comme ça cautionne ce qu'il y a de plus dégueulasse dans le X.

– Je le condamne, bien sûr, et alors ? C'est une raison pour rester chez moi, pour fermer ma porte ? C'est devant ma télé que je suis utile ? C'est en priant dans mon coin que je peux le mieux aider ces jeunes en détresse, coincés entre la crédulité, le vice, la drogue, la maladie et l'esclavage ?

– Non, mais sur le principe...

– Le principe, je laisse ça aux autres. J'agis, moi. Que voulez-vous que je vous dise ? L'Église m'a mis en retraite, les hardeurs m'ont accueilli, voilà, et je les écoute, j'essaie de les réconforter, je prie pour eux quelles que soient leur religion et les pratiques auxquelles on les astreint. Maintenant, je comprends que vous ayez des principes, et je peux prendre mon métro tout seul.

On reste silencieux pendant quatre stations, et puis le vieil homme me demande ce que je compte faire pour Talia.

– Et vous ?

Il rentre le menton dans son col, se penche avec les mains croisées sur ses genoux, ballotté sur le strapontin en face de moi.

– Elle m'a demandé de l'instruire, de lui indiquer les livres qu'il faut avoir lus, les codes de la société... Elle a une telle fringale d'apprendre. Pas pour briller : pour être tranquille. Ne pas craindre le jugement des autres, ne pas dépendre ni gaffer ni se laisser abuser... J'ai fait de mon mieux, mais j'ai quatre-vingt-huit ans.

Je le fixe d'un regard qui veut dire « Et alors ? ». L'aumônier des hardeurs observe les murs noirs qui ralentissent sur les vitres.

– Je ne sais pas combien de temps je pourrai

214

encore l'aider à se maintenir sur le bon chemin...

– Le bon chemin. C'est quoi, pour vous, le
bon chemin ?

– Chacun a le sien, Roy. L'être humain est
sur terre pour garder son cap, rayonner, transformer... Malheureusement c'est souvent le
contraire qui se produit. La vie nous détourne,
la société nous éteint, le temps nous fait
changer. Je voudrais tellement que Talia reste
intacte. Jusqu'à présent, elle s'est immunisée
au contact de ce qu'il y a de pire, mais ça ne
suffit pas. Elle doit aller plus loin, et je suis
vieux. Il y a tant de signes autour d'elle... Vous,
par exemple.

Je lui demande en quoi je suis un signe.

– La façon dont vous vous êtes rencontrés,
la manière dont elle m'a parlé de vous... Vos
rêves d'enfant, vos rapports avec la France, vos
désillusions qui se ressemblent et vous renfor-
cent... Et puis le message sur votre téléphone.

– Enfin c'est quoi, ce message, merde ?

– Elle vous dira demain : je suis arrivé.

On remonte à la surface. On est dans un
quartier calme et triste. Il marche lentement, le
nez au sol, évitant de mettre le pied sur les
joints du trottoir, comme s'il avait quatre-vingts
ans de moins. Il s'arrête devant le passage
piétons.

– Vous savez, Roy, la vie nous donne souvent
une deuxième chance, comme une maîtresse de

215

maison qui repasse un plat, mais si on ne se sert pas, elle ne repassera plus.

– Vous dites ça pour moi ?

– Pour moi, surtout. J'ai un grand remords, dans mon cœur. Une jeune fille que je n'ai pas su aider comme j'aurais dû. Je l'ai connue toute gamine dans le village où l'on m'avait relégué, après ma retraite de l'aumônerie des artistes. J'avais fait d'elle ma petite projectionniste, au ciné-club. Elle apprenait les scènes par cœur, elle était douée, et surtout elle avait une flamme : je l'ai poussée plus que de raison vers le métier d'actrice, pour revivre à travers elle mes passions de jeunesse, et la vie l'a broyée. J'ai fait des choses insensées, à cause d'elle, je suis allé jusqu'en Amérique, sur un tournage où elle avait des problèmes, au fin fond d'un désert. Et puis j'ai vu que je ne pouvais plus rien pour elle ; au contraire j'aggravais tout. Je suis reparti. Je sais qu'on lui a dit que j'étais mort, et j'ai laissé dire. Le besoin de la libérer de mon influence qui avait fait tant de mal... C'était il y a plus de douze ans... Je ne sais pas ce qu'est devenue Jeanne. Personne ne le sait. Et moi je suis toujours là, quelle dérision, n'est-ce pas ? Je pense que l'Enfer se vit sur terre, dans le remords et les nuits blanches. Mais peut-être n'est-ce que la bande-annonce...

Il traverse. Je le suis et on se quitte devant son immeuble, un bloc de style caserne.

– C'est gentil de m'avoir accompagné. Elle

a toujours peur qu'il m'arrive quelque chose. Si vous l'appelez, dites-lui que je suis bien rentré.

Je regarde s'éloigner dans le hall blafard ce petit vieux malingre avec son caban de marin et sa coiffure ondulée. Dans la pénombre, il ressemble à ces troubadours du Moyen Age qui ornaient mes livres de français, à l'école.

Il me fait un signe d'adieu avant d'entrer dans son ascenseur, et la minuterie s'éteint.

– Une réaction à présent de madame Andrée Fourques, députée du Cantal, membre de la Mission parlementaire d'information sur l'esclavage moderne et le proxénétisme. Au vu de ces images des Victoires du Sexe, madame, un commentaire ?

– L'indignation. Une nouvelle fois, nous nous trouvons devant une situation de fait tendant à banaliser l'exploitation de la femme et de l'homme en tant qu'objets de consommation sexuelle, que ce soit par le biais de la prostitution directe ou différée...

– Quand vous dites « différée », vous parlez de l'industrie du X.

– Je parle du cinéma pornographique : appelons les choses par leur nom. Ces pauvres filles et ces pauvres garçons à peine majeurs qui se retrouvent les victimes de leur exhibitionnisme utilisé à des fins mercantiles...

– ... mais qui peut servir de soupape de sécurité, aussi, non ? Pour le consommateur. Par rapport au viol et ainsi de suite. Et on pourrait vous objecter ce qu'a dit la personne dans le micro-trottoir : « Chacun fait ce qu'il veut avec son cul. »

– Pas aux yeux du législateur. Je vous rappelle que la vente de son corps est contraire à la Convention européenne du droit du travail. Et je voudrais qu'on médite l'exemple de la Suède, où c'est l'acte d'achat sexuel qui a été récemment criminalisé, le « consommateur », comme vous dites, encourant une peine de six mois de prison s'il aborde une prostituée. A l'heure où chacun parle d'harmonisation des lois européennes...

– Vous n'allez quand même pas mettre en prison pour complicité passive les gens qui regardent un film porno ?

– Non, mais je tiens à dire que pour nos enfants, c'est dramatique lorsqu'un footballeur, qui est par essence un modèle pour la jeunesse, crédite de sa célébrité une manifestation aussi dégradante que ces comices agricoles du sexe, qui sont une atteinte et une insulte à la dignité humaine !

– Justement, revenons au jeune Roy Dirkens. Jacques Lassalle, du service des sports, vous qui l'avez formellement identifié, je le rappelle – on en a confirmation sur ces images du match contre le FC Nantes où il porte le numéro 39 –, dites-nous quelques mots sur lui.

– Eh bien, soyons honnêtes, on ne savait pas grand-chose de sa vie privée, jusqu'à ce soir.

C'est un joueur sud-africain transfuge de l'Ajax Cape Town, qui pour l'instant s'est montré relativement discret sur les pelouses, c'est le moins qu'on puisse dire : titularisé une seule fois, la saison dernière, et remplacé à la dixième minute. Par contre, il affichait dans son club d'origine un palmarès pour le moins éloquent de trente-huit buts en quinze sélections – rappelons qu'il n'a que dix-neuf ans.

– Alors la question que tout le monde se pose, Jacques : pourquoi nous le cachait-on ?

– Eh bien écoutons la réaction du président Rouffach, joint au téléphone quelques minutes avant minuit.

– Je sais qu'il y a des clubs où la personnalité individuelle du joueur est perçue comme un facteur négatif, mais ce n'est pas le cas chez nous, bien au contraire. Nous défendons un football plus moderne, plus humain, davantage en prise sur la vie et ses plaisirs, ses réalités les plus crues aussi, parfois tragiques, devant lesquelles l'attitude citoyenne ne consiste pas à se voiler la face. Chacun a le droit de fréquenter qui bon lui semble, et je récuse toute forme de jugement a priori débouchant de près ou de loin sur l'exclusion. D'ailleurs Roy Dirkens, enfin remis de sa blessure au genou, fera son grand retour mercredi au sein de la formation concoctée par Arturo Kopic. C'est un joueur surdoué en pleine possession de ses moyens, et qui saura donner toute sa mesure face aux

Romains, sous la houlette d'un entraîneur exceptionnel. Et je le connais : le fait qu'on tente ce soir de le stariser ou de le diaboliser pour des questions extra-footballistiques n'aura strictement aucune retombée sur son mental.

– Merci, président. Le rappel des titres de ce journal...

J'éteins, me relève pour ouvrir la porte-fenêtre. Le téléphone sonne, sur l'oreiller. Je laisse répondre la boîte vocale, marche sur la terrasse où j'arrosais, au début, les plantes qu'avait laissées mourir mon prédécesseur. La nuit est calme, à part une voiture qui passe de temps en temps dans une flaque et le cri des singes au fond du Jardin d'acclimatation.

Je retourne écouter la boîte vocale. Monsieur Kopic hurle que jamais personne ne l'a roulé dans la farine avec un tel culot, un tel mépris, une telle apparence de franchise : ma petite vie solitaire, ma déprime de laissé-pour-compte, les araignées dans la baignoire... Jamais il ne fera confiance sur le terrain à un type aussi faux dans la vie : il me raye des titulaires et s'il me revoit à l'entraînement, il me vire à coups de lattes.

L'écran affiche son numéro, mais à quoi bon le rappeler ? On est dans le vrai tous les deux, et je ne vais pas commencer à lui mentir en essayant de le détromper. Je traîne les pieds jusqu'au bar du salon, un globe terrestre qui s'ouvre en deux, je verse au hasard les bouteilles dans un verre, et retourne vers la chambre en avalant le mélange.

Je me recroqueville sous le drap, ferme les yeux. Un coup sur le genou, un poids qui s'installe. Nelson a grimpé sur le lit. Il fallait que je sois complètement cassé pour qu'il arrête d'avoir peur. Je le chasse d'une détente, et il va se coucher au pied de la table de chevet.

Il fait soleil, j'ai la gueule de bois, la tête vide, et le chien gratte le dessus-de-lit. Le radioréveil marque onze heures moins cinq. Je me lève, traverse le couloir en me tenant aux murs. La gardienne a déposé sur le paillasson le courrier et les journaux. Je suis dans *Le Parisien*, au bras de Talia. Le type a dû écrire son article en regardant les infos : je retrouve les vacheries de la députée et le soutien du président. Un triangle noir clignote sur l'écran de mon téléphone, signalant que la messagerie est saturée. Je la laisse comme ça. Autant croire encore un peu que Talia a fait la fête toute la nuit avec ses collègues, et que je serai le premier à lui apprendre avec qui elle s'est affichée.

Douche, café, croquettes. C'est étonnant de voir l'appétit de Nelson. Peut-être qu'il a pris sur lui, pendant la nuit, qu'il a absorbé mes cauchemars, et le désespoir ça creuse. Je commande un taxi pour arriver à l'heure. Avant de quitter l'appartement, je glisse dans ma poche la photo de *Homes Direct*, mon allée de platanes à moi, comme un porte-bonheur pour diminuer le malentendu avec Talia.

Je la retrouve devant le Muséum. Elle fait la gueule, adossée aux grilles, entre les affiches de squelettes.

– Fermé le mardi, fait-elle en montant dans le taxi.

Elle donne au chauffeur une adresse. Je lui demande si elle a vu la presse. Elle ne répond pas. Au premier feu rouge, je lui tends *Le Parisien*. Elle le repousse.

– Tu lis les journaux, toi ?

Je réponds oui. Pour être au courant.

– Et ça t'avance à quoi ?

Elle abaisse l'accoudoir entre nous. Je cherche une transition, lui dis qu'en tout cas elle a eu de bons articles sur sa Victoire. Elle m'attrape les mains et les plaque sur la banquette.

– Écoute, Roy Dirkens, j'ai pas attendu ce matin pour savoir qui tu es. Rudi, mon petit voisin du rez-de-chaussée, t'a reconnu le soir où tu es venu chez moi. Il m'a montré ta vignette dans son album. Il m'a raconté tes trente-huit buts au club Ajax, ton prix d'achat, ton match contre Nantes, l'émeute qu'on a provoquée, ta mise à l'écart... Rudi n'a que le foot dans sa vie, il sait qu'il est malade comme son père, qu'il deviendra obèse et qu'un jour il ne pourra plus bouger ; tu es le premier joueur qu'il rencontre et j'ai essayé de te faire passer son message, de toutes les manières que j'ai pu : reviens, Roy, bats-toi, montre-leur qui tu es. Mais tu as jamais saisi la perche, tu t'es jamais confié. D'abord j'ai cru que tu te méfiais, que tu avais peur que je m'accroche à toi pour ton fric, que c'était de la délicatesse. Tu avais envie d'être à égalité avec moi pour qu'on soit vraiment copains. Au début, j'ai adoré. Jamais quelqu'un s'était donné autant de mal pour moi, même si c'était pour me mentir. Et puis ça m'a fait peur. Quand on joue trop bien, Roy, ça déteint. J'ai senti que pour me suivre tu allais tomber encore plus bas que moi, alors j'ai essayé de te relever. Pourquoi tu crois que je t'ai emmené aux Victoires ? Rudi est monté me réveiller, ce matin : tu es redevenu une vedette, tu es engagé demain contre l'équipe de Rome et il est fou de joie, voilà. Toi aussi ?

Je ferme les yeux contre l'appui-tête. C'est dingue de vivre une histoire aussi sincère alors que tout est faux dès le départ, que chacun a menti à l'autre et s'est trompé sur lui. Je vais pour lui raconter quelle est ma situation réelle ce matin, à cause d'elle, et puis je me dis que ça serait un moyen trop minable de reprendre l'avantage. Je rentre l'accoudoir dans le dossier, elle appuie sa tête sur mon épaule.

– Pourquoi je suis triste, Roy ? Tu as une deuxième chance qui t'attend, et moi j'ai décroché hier soir le job de mes rêves : je commence demain sur Internet, mille euros la semaine. Je ne ferai plus l'amour que toute seule devant des invisibles ; je les ferai juter en trois minutes et après on discutera, ils raconteront leur vie... Fais-moi confiance pour les garder un max en ligne : je me suis négocié un pourcentage sur ce que nous reverse France Télécom. Pourquoi je suis triste ?

– Un rêve qui se réalise, c'est un rêve de moins.

– Tu le crois vraiment ?

– J'aimerais bien que non.

Le taxi s'arrête devant un bâtiment marron et jaune, avec des stores à rayures. « Maison de retraite médicalisée Sainte-Croix ».

– C'est quand même pas là que tu vas bosser ?

Elle sourit, redevient triste. Je paie la course et elle enfonce ses ongles dans mon blouson, sur le trottoir.

– Ce que je veux te montrer, Roy, c'est ce qui me retient dans cette vie. Pourquoi j'en suis là et pourquoi j'ai pas le choix et pourquoi je suis plus forte que tout ce qui devrait me salir. Après tu verras si tu as envie ou pas de continuer quelque chose avec moi. Viens.

On traverse un hall qui sent la soupe froide et le désinfectant. Dans l'ascenseur des feuilles imprimées, collées sur le miroir, annoncent des ateliers coiffure, chanson française et pâtisserie.

226

Au troisième étage, les portes s'ouvrent sur une exposition de vieux, fauteuils roulants tournés vers l'ascenseur comme si c'était une fenêtre, comme si le soleil venait de là. Talia passe entre les roues en disant bonjour d'une voix joyeuse, et je l'imite, le plus gaiement que je peux. Aucune réponse. Ils continuent à fixer l'ascenseur qui se referme.

Au fond du couloir, elle entre dans une chambre à deux lits, et lance du même ton heureux :

– Bonjour madame Ménard, bonjour Baba.

Une petite momie sous perfusion est attachée dans un fauteuil bleu, tête en avant, bouche entrouverte. En face, couchée sur le dos avec les bras le long du corps, une grande femme au visage de statue regarde le plafond avec les yeux fixes, un maquillage de cinéma muet et un brushing impeccable. Talia lui embrasse le front, lui caresse la joue, lui demande de ses nouvelles, puis lui tourne la tête dans ma direction.

– Baba, je te présente Roy Dirkens dont je t'ai parlé. Roy, ma grand-mère.

– Bonjour madame, dis-je en tendant la main.

Talia m'abaisse le poignet. Au-dessus du lit est accrochée dans un cadre une photo en noir et blanc, montrant une jeune femme à la beauté impressionnante, encore plus fine que Talia et l'air beaucoup plus allumeuse. Mon regard va du portrait à la statue couchée en dessous. Quarante ou cinquante ans les séparent, et on ne reconnaît que le maquillage. Je ne peux pas croire que Talia ait eu cette idée. C'est monstrueux, ce côté « avant » et « après ». Ou alors c'est un aide-mémoire. Pour que les infirmières pensent à l'être humain d'autrefois quand elles s'occupent du légume.

– Elle est comme ça depuis presque un an. Quand j'ai eu les moyens de lui payer le voyage, elle m'a fait une attaque, le jour de son arrivée. Je sais pas si c'est ma faute, si c'est la joie ou le choc en voyant ce qu'est devenu Paris... Les médecins disent que le cerveau est mort. Je suis pas d'accord. Et tant que je paye, c'est moi qui ai raison.

Elle se penche sur le lit, décolle lentement les morceaux de scotch qui maintiennent les yeux grand ouverts. Les paupières retombent à moitié.

– Tu vois, c'est ce qui m'énerve le plus, ça. Le temps gagné. Ils lui mettent des gouttes trois fois par jour, alors ils laissent le scotch. Si je venais pas, ça serait toujours le même. Et à sa mort, ils le décolleraient pour le coller vers le bas.

– Arrête, dis-je en détournant la tête.

– Quoi ? Ça te dégoûte ? C'est pas la mort qui est dégueulasse, Roy, c'est les économies. Gratter dix secondes sur quelqu'un qui n'a plus que les gestes des autres pour bouger !

Je vais appuyer le front à la fenêtre. Près de moi, le fauteuil bleu de l'autre dame a une étiquette sur le dossier : *Nettoyé le 24-6-00*. Un aide-soignant entre au pas de charge, avec un toc-toc sur la porte ouverte. Il fonce vers le lit en lançant d'une voix dynamique :

– Température, Votre Altesse !

Talia me rejoint à la fenêtre. On regarde les péniches se croiser sur la Seine, entre les tours en verre. Je murmure :

– Pourquoi il se fout d'elle ?

– Non, il pousse un peu le protocole, mais ça fait de mal à personne. C'est réservé aux princes du sang, le titre d'altesse : je les ai briefés, maintenant ils font comme ils veulent. Y en a que ça flatte, d'autres qui se marrent. Mais la plupart le font gentiment, si jamais Baba les entend. On a même une Antillaise qui lui fait la révérence avant de lui mettre ses couches.

J'attends que l'aide-soignant soit reparti, je lui demande :

– Mais c'est qui exactement, ta grand-mère ?

– Princesse Irina Stovetzkine, dit-elle en désignant la photo. C'était le soir de ses vingt ans à l'Opéra de Paris, quand elle a brisé le cœur de ses parents. Des Russes blancs réfugiés en France à la révolution d'Octobre, qui l'avaient mise au monde boulevard Saint-Germain, élevée chez les bonnes sœurs, inscrite à la chorale de Notre-Dame... Et le jour où elle tombe amoureuse, elle choisit qui ? Le troisième secrétaire de l'ambassade soviétique. Coup de foudre à l'entracte, le soir du *Casse-Noisette* de Tchaïkovski. Marié, trois enfants, liaison cachée pendant douze ans, et puis il est appelé au Kremlin par Brejnev. Pas question de laisser sa chérie à Paris : il l'emmène avec un faux passeport diplomatique, l'installe dans une datcha, vient la voir cinq ou six fois et puis il se fait purger : direction la Sibérie, et Baba va se planquer à Kiev pour accoucher de maman. Voilà. C'est elle qui m'a appris le français, qui m'a mis Paris dans la tête, qui a écrit pour moi aux agences de mannequins. Ma mère a tout fait pour me couper de sa mauvaise influence, pour que j'aie un métier sérieux : elle m'a foutue trois fois en usine, Baba allait me reprendre ; alors elle m'a fait embarquer comme femme de ménage sur un cargo, chaperonnée par sa meilleure amie qui me sous-louait aux marins, et pendant ce temps Baba continuait d'envoyer mes photos, de m'inscrire aux castings...

Je regarde la gisante aux yeux déscotchés sous sa photo de jeunesse, j'imagine l'énergie, l'espoir obstiné, la fierté de se sacrifier pour une vocation... Tout ce que j'aurais tant voulu continuer à partager avec maman.

– Elle est transportable ?

– Pourquoi ? Y a pas mieux comme endroit. T'imagines pas la liste d'attente : heureusement que le directeur espère me sauter. Le jour où j'aurai une maison et de quoi payer une infirmière à domicile, je verrai.

Je la prends dans mes bras. Je lui dis que la vie est courte. Elle me répond que ce n'est pas une raison. Je l'embrasse de toutes mes forces, j'ai envie d'elle comme jamais et j'ai tellement envie surtout d'être autre chose pour elle. Autre chose qu'un paumé du ballon, un amant de passage, un copain. Elle me repousse avec une douceur ferme.

– J'aimerais que tu nous laisses, maintenant, Roy. Je voudrais lui raconter ce qui nous arrive... Je voudrais sentir ce qu'elle pense de toi.

J'avale ma salive, approuve, me détache d'elle pour m'approcher de la princesse. Je soulève la vieille main décharnée, la porte jusqu'à mes lèvres.

– Hé, d'où tu sors, toi ? Jamais on ne fait le baisemain à une demoiselle !

J'arrête mon geste. Et je reste sérieux, parce qu'il n'y a aucun humour dans sa voix, juste du reproche indulgent, de l'état civil et du temps figé. Je repose le bras sur le drap. Talia me prend l'autre main et on passe quelques instants immobiles, à regarder au-delà du corps échoué, de l'épave repeinte.

– C'est toi qui la maquilles ?

Elle acquiesce, chasse une mèche d'un coup de menton.

– Souvent. Chaque fois que je peux, je reviens le soir et je la démaquille.

On observe le regard qui nous passe au travers.

– Monseigneur dit qu'elle est consciente... ailleurs... Que l'activité de son cerveau continue, mais autrement...

Le choc me tombe sur la nuque. Il me faut plusieurs secondes pour arriver à prononcer les mots qui me sont venus tout seuls.

– Il me disait quoi, son message ?

– « Je vous remercie pour Natalia. » Ça ne t'engage pas, tu sais. Ce n'est pas un fantôme qui te commande quelque chose, c'est juste une grand-mère qui se fait du souci...

On se regarde. Je suis au bord d'y croire, et je sens qu'elle, bizarrement, elle se force. Elle voudrait en être sûre, mais elle a dû tellement se battre contre la raison des médecins, se battre avec pour seuls arguments son corps de rêve et son refus de la réalité ; elle fait tellement semblant d'avoir des certitudes pour être la plus forte que lorsqu'elle est en confiance avec quelqu'un, elle doute. Ou alors c'est elle qui m'a envoyé le Texto, pour les mêmes raisons qui lui ont fait accrocher la photo au-dessus du lit : pour qu'on traite sa grand-mère comme un être vivant.

Je me retourne vers la vieille dame, souris dans le regard vide.

– C'est moi qui vous remercie. C'est la femme de ma vie, et je vais vous le prouver.

Je détache mes doigts de ceux de Natalia et je pars sans me retourner, dans l'écho de ce que j'ai dit.

– Je viens voir Étienne Demazerolles.

– Vous êtes ?

– Pressé.

La secrétaire pince les lèvres, me redemande mon nom. Certain qu'elle a reçu l'ordre de me refouler, je le lui balance d'un ton agressif, prêt à forcer la porte. Elle me l'ouvre aussitôt, en disant d'un air épanoui qu'elle cherche à me joindre depuis ce matin.

– Monsieur Dirkens ! annonce-t-elle avec fierté.

– Enfin ! rugit mon agent.

Il bondit de son fauteuil, en bras de chemise, court vers moi tout en jetant au type assis en face de son bureau qu'il le verra plus tard. Et il m'embrasse en m'écrasant contre sa graisse, m'assied sur le fauteuil en cuir à la place du visiteur que la secrétaire escamote dans la salle d'attente.

– Ça tombe bien, très très bien, Roy : j'ai des tonnes de choses à te dire.

– Moi j'en ai qu'une : tu achètes cette maison

avec l'argent de mes sociétés aux Bahamas, et tu la mets au nom de Natalia Stovetzkine : je t'ai tout marqué derrière.

– Sans problème, fait-il en posant sur son bureau la page découpée dans *Homes Direct*. C'est son vrai nom ? Joli.

– Merci, dis-je en me relevant.

– Ho, attends ! rigole-t-il en sortant d'un minibar en faux livres une bouteille de champagne. Faut qu'on trinque à ce qui t'arrive.

Je le dévisage, consterné, lui demande s'il a eu mon entraîneur au téléphone, ce matin.

– J'ai eu le président, corrige-t-il en posant deux flûtes à côté de la bouteille. Bon, je commence par le début : tu connais le contentieux qu'il a avec le président de la Ligue nationale.

– Non.

– Tu sais quand même que ton club négocie lui-même ses droits de diffusion, sans passer par l'intermédiaire de la Ligue.

– C'est plus mon problème.

– Mais tu as entendu parler de la DNCG ?

– Non.

Il pousse un soupir, renonce à ouvrir sa bouteille et vient s'asseoir dans le fauteuil près du mien, se rapproche en articulant avec lenteur :

– Le club est dans le rouge de plusieurs millions, Roy, ce qui est tout à fait normal vu la masse des achats : en valeur additionnée des

joueurs au cours actuel, il est largement béné-
ficiaire...

— Je m'en fous.

— Et tu as raison. Seulement la Direction
nationale du contrôle de gestion vient de fondre
un fusible : maintenant elle oblige les clubs à
présenter des comptes annuels équilibrés, sinon
ils sont relégués en deuxième division, et là
c'est la mort. Le président est très très mal, vu
que tous ses joueurs vedettes — même toi — ont
une clause libératoire en cas de descente en D2.
Et donc il doit déstocker d'urgence, pendant que
vous êtes encore à lui, et la logique implique de
vendre en priorité les extra-communautaires au
sommet de leur cote, ce qui est ton cas depuis ce
matin.

— Parce que je sors avec une actrice ?

— Parce que tu as les médias sur toi. Que ce
soit pour tes qualités sur le terrain ou au plu-
mard, ça revient au même : ce qui compte c'est
que d'un coup tu suscites l'intérêt et tu crées
la demande. Consigne sera donnée à l'équipe
de concentrer les passes décisives sur toi pour
te faire marquer, ton prix montera à chaque but
et, après le match, tu seras vendu à la Lazio,
ce qui réglera ton problème d'identité puisque
l'Italie n'applique pas les quotas communautaires.

Je serre mes accoudoirs pour éviter de l'étran-
gler. Et je prends un air apitoyé en m'efforçant
de lui sourire.

– C'est con pour ta comm', Étienne, mais je suis pas près d'être vendu. Je te signale que Kopic m'a rayé de la feuille de match.

– Y a plus de Kopic, répond-il avec un revers de main. Ce con nous faisait chier avec ses états d'âme, le président l'a viré ce matin pendant la réunion. Il paraît qu'il a pris ta défense d'une façon grandiose : il a dit qu'un entraîneur n'avait pas à juger un joueur sur sa vie privée, que c'était une faute professionnelle et que demain, ça serait avec toi ou sans lui. Kopic a balancé sa dém' et je peux te faire tripler tes primes de but : jamais on a vu Rouffach monter au créneau pour défendre un joueur ! Tu es devenu la priorité absolue, Roy !

Je laisse retomber mes mains, effondré. A quoi tient la valeur d'un homme ? Qu'ai-je à foutre dans un monde où les entraîneurs sont virés pour honnêteté morale, où le sort des footballeurs dépend des coups qu'ils tirent ?

– Tiens, regarde. C'est la villa d'Olivares, que je suis en train de transférer de la Lazio au Bayern. Deux hectares à Ostie, la banlieue chic de Rome au bord de la mer, piscine, tennis et jacuzzi. Ça te branche ?

Je ne réponds pas. Je le fixe et la décision que je viens de prendre durcit dans son regard.

– Écoute, fait-il en rangeant sa photo, moi je suis là pour gérer ta carrière, pas tes prises de tête, OK ? File à l'entraînement, t'as une seule chose à quoi penser maintenant : être au top demain et mettre une branlée à ton futur club. Je m'occupe du reste, conclut-il en faisant sauter le bouchon de champagne. Ça marche ?

– Ça marche.

Je me lève avec un sourire positif, lui serre la main comme on casse une noix.

– Pour la maison de ta copine, je négocie ?

– Non. Tu conclus aujourd'hui, à n'importe quel prix, et tu fais porter les papiers chez ma gardienne.

– Compte sur moi.

Je le laisse trinquer tout seul à ma carrière, et je pars à pied dans la rue de Rivoli pour respirer un peu d'air pur. Je ne sais pas si mon vieux maître Chaka Natzulu est encore vivant, mais, dans le doute, je bombarde le ciel de prières pour qu'il me donne la force et la chance d'écraser les Romains demain soir. Ma vengeance sera complète.

Il pleut, le stade est plein, les supporters sous pression, l'ambiance électrique et je ne ressens rien. Si. L'excitation à vide, efficace, contrôlée avec laquelle je faisais l'amour à Talia devant quarante personnes.

A la cinquième minute, sur une passe de Cayolle, j'accélère plein axe, je feinte le gardien et j'ouvre le score. Je double la mise un quart d'heure plus tard par un ciseau retourné après un centre de Hazimi. L'arbitre refuse le but pour contact avec le gardien. Sans importance.

L'entraîneur romain, qui avait aligné une défense à trois autour de laquelle je dribble les doigts dans le nez, bondit de son banc pour crier un ordre à son attaquant le plus mou, qui se met à marquer Hazimi en lui tirant le maillot. Hazimi s'énerve et le renverse d'un coup de tibia déguisé en petit pont. L'autre se roule par terre en hurlant. Carton rouge qui nous prive de notre meilleur avant, tandis que le coach romain remplace le faux blessé par un quatrième défenseur.

Je regarde le président qui piaffe au bout du banc de touche. En l'absence de Kopic, il nous joue les entraîneurs par défaut, avec un training noir en fibres spatiales qui le fait ressembler à un sac-poubelle. Le coach romain, lui, est en costume-cravate. Ils ont sorti leurs portables pendant l'arrêt de jeu. Apparemment ils ne discutent pas ensemble, mais ils parlent de la même chose. J'ai repéré dans la tribune d'honneur notre directeur financier avec sa tenue de match habituelle, oreillette et calculatrice, en train de me vendre à son homologue d'en face, et mon but et demi fait monter les enchères.

Pendant que le capitaine italien parlemente avec l'arbitre qui l'a sifflé hors jeu, Cayolle me propose une tactique pour renforcer l'attaque en l'absence du numéro 7. J'écoute d'une oreille. Je viens de découvrir Talia. Dans le virage B, en bas des marches, au plus près de la cage. La meilleure place pour me voir marquer de face. Elle croise mon regard, lève la main. Un autre bras s'agite près d'elle. Rudi, mon petit collectionneur de vignettes. Ils déplient une banderole. Les trois lettres de mon prénom suivies de trois points d'exclamation.

On se repositionne, j'écrase une passe décisive de Cayolle, m'excuse, il me répond d'une moue fataliste, désigne le président qui vient d'annoncer son remplacement. Je ne comprends pas l'astuce. Wishfield me tape sur l'épaule au passage en traversant la pelouse, tout excité. Je suis content pour lui, mais c'est débile de faire entrer un milieu quand l'autre camp renforce l'arrière.

Les Romains deviennent carrément agressifs, avec leurs passes longues dans le dos de la défense. Monsieur Kopic nous avait donné la consigne de bloquer les ballons très haut, mais on n'arrive pas à les empêcher de partir, d'autant que le président a cassé toute la stratégie de match définie par l'entraîneur. Il a passé la journée à nous gaver de vidéos sur les dernières rencontres des Lazioles, pour qu'on « s'imprègne » ; autant dire qu'on est prêts à les affronter comme ils étaient les fois précédentes, alors qu'ils alignent six nouveaux joueurs.

– Les milieux défensifs, rapprochez-vous des attaquants, on a une équipe coupée en deux ! hurle-t-il au bord de la ligne de touche.

L'arbitre le siffle parce qu'il n'a pas le droit de sortir de son rectangle. C'est fin : chez nous c'est le président qui est hors jeu. Il se rassied sur le banc, furieux, se relève à l'action suivante et revient au même endroit.

Passe de Vibert à Løfstrøm qui dégage, interception, frappe déviée que je récupère. Au moment où je vais armer mon tir, deux arrières me fauchent en taclant. Je roule dans la boue. Nos supporters crient au penalty mais l'arbitre n'a rien vu, trop occupé à surveiller les pieds du président pour qu'ils ne franchissent pas la ligne.

L'équipe m'entoure, m'aide à me relever. J'ai pris un méchant coup à la cheville droite. Je dis à M'Gana, qui a enfilé le brassard à la sortie de Cayolle, de me laisser en défense dans le couloir, pour que je récupère. Et on encaisse deux buts coup sur coup. Zorgensen évite de justesse le troisième grâce à une volée mal centrée que dévie le Brésilien qui vient d'entrer à la place de Vibert, sauf qu'on se retrouve avec un extra-communautaire en trop. Le temps de faire comprendre au président sa bourde qui peut annuler une victoire, l'arbitre siffle la pause sans qu'on ait réussi la moindre percée.

Le directeur financier range son téléphone. Talia et Rudi ont replié leur banderole. Avec le changement de côté en deuxième période, placés comme ils sont, ils ne pourront rien voir des buts que j'inscrirai. Une rage de plus à récupérer pour chasser la douleur de ma cheville.

Dans le vestiaire, le président fond sur moi pour le débriefing, me prend à part et me confie avec des vibrations dans la voix que Manchester et Arsenal ont appelé : si la Lazio ne s'aligne pas sur l'offre, il me vendra aux Anglais. Je lui réponds que je ne veux pas entendre un mot : j'ai besoin de me concentrer tout seul, et je m'enferme dans les chiottes.

Assis sur le couvercle, déchaussé, les yeux

fermés, je frotte mes mains pour augmenter l'énergie et je les applique sur ma cheville en visualisant les muscles. Puis je commence à respirer par le ventre et j'isole la douleur, en suivant le rite des *witch doctors* que m'avait enseigné Chaka Natzulu. Le souffle de plus en plus court, j'attends que la chaleur monte et que les tremblements gagnent mes bras, puis j'écarte soudain les mains en évacuant le mal par un cri.

Je reprends ma respiration, la tête contre le mur, précise aux voix inquiètes derrière la porte que je vais très bien. Sans rouvrir les yeux, je quitte l'intérieur de ma cheville pour me projeter sur la pelouse. Je laisse se composer des placements, des attaques et des passes, je dessine mes occasions de la deuxième période. Je programme un but à la mémoire de Greg Lemarchat, dans son style : décrochement, protection du ballon, contrôle orienté, frappe à l'angle de la surface et lucarne gauche. Je répète au ralenti mes actions, les diffuse à travers la cloison en direction de mes coéquipiers. Que la télépathie fonctionne ou pas, j'ai formulé ce que j'attends d'eux et je saurai leur répondre beaucoup plus vite si leur inspiration rejoint la mienne. La magie bantoue des *witch doctors* agit bien davantage sur le sorcier que sur le monde extérieur. C'est pourquoi elle est si efficace, concluait Chaka Natzulu avec un sourire pas dupe.

Quand je ressors, le président est en train de s'engueuler avec l'entraîneur adjoint, le seul du staff qui n'ait pas pris le parti de Kopic. Je vais m'isoler sous les écouteurs de mon walkman à cassette vierge, et monte au maximum le volume du silence.

Dès la reprise je mène le contre, d'appel de balle en passe croisée ; les Romains essaient de me marquer tous en même temps et se tamponnent quand je les feinte. Je décroche, contrôle, arme la frappe à l'angle de la surface ; alors le gardien fonce sur moi pour me refaire le coup du contact et je donne à Vibert qui a repris sa place, décroise et tape la transversale. Le gardien dégage à la main, j'intercepte en limite de touche. Passement de jambes et roulette, j'efface les défenseurs et je dribble en toute sécurité, mais je manque de relais en milieu de terrain et l'arbitre me siffle hors jeu. Le président bondit de son banc en gesticulant.

On forme le mur, Kigaou arrête le tir d'une tête que je récupère à vingt mètres. Les autres montent avec moi, cette fois : on enchaîne les passes et les petits ponts qui scotchent les Lazioles chaque fois qu'ils croient avoir repris la balle. Centre en retrait qui rate. Frappe croisée de Katahiro qui rebondit sur le poteau vers M'Gana qui dégage dans ma direction. Je me suis mis sur mon mauvais pied pour me décoller du 9 romain. En extension, je pousse sur ma jambe d'appui, et je vise la lucarne gauche. La moitié du stade se lève, les *tifosi* hurlent à la mort. D'une tribune à l'autre, les directeurs financiers ont ressorti leurs portables et mes enchères repartent.

A la soixante-treizième minute, après un quart d'heure complètement fermé où le ballon navigue en milieu de terrain, l'arbitre signale une touche alors qu'il y a corner. Katahiro conteste et se fait expulser ; on se retrouve à neuf et on concède un troisième but. Sous le choc, le président décide enfin la sortie de Zorgensen qu'avait écarté monsieur Kopic et son remplacement par Kribi, ce goal antillais extraordinaire qui nous vient du FC Bruges, et qui s'est refroidi pour rien sur le banc tandis que Zorgensen ruminait son contrôle fiscal. Du coup on peut soulager l'arrière et remonter. J'essaie de revenir au score d'une tête plongeante foireuse, puis cinq minutes plus tard M'Gana me dirige une balle brossée absolument parfaite, que je glisse en douceur entre les jambes du gardien. Les autres me font à peine la fête, cette fois. Ils sont contents pour moi, mais ils aimeraient bien avoir le droit de marquer pour eux.

Les Italiens tentent un but de raccroc en taclant dans la surface, Kribi dégage à trente mètres sur la tête de Wishfield qui se fait plaquer à réception. Coup franc. M'Gana me désigne sur ordre du président. Il doit rester une dizaine de minutes avec le temps additionnel, et c'est le montant de mon transfert qui se joue. Jamais de ma vie je n'ai réussi un coup de pied arrêté. Anticiper les réactions d'un mur, je ne sais pas faire.

Je regarde la ligne des Romains, les visages crispés dans la rage qui monte chez leurs supporters. Au milieu des hurlements des *tifosi*, j'entends mon prénom, loin derrière. Une rumeur sourde lancée peut-être par Talia et Rudi qui se répand dans le stade, réponse courte et têtue aux slogans modulés des Italiens. Je ferme les yeux, essayant de récupérer dans mes veines ce battement de cœur de la foule qui scande ses « Roy » de plus en plus fort. Je construis mon action, rouvre les yeux. Recul, prise d'élan, changement de pied au dernier moment pour ouvrir le mur : je glisse et dévie ma frappe avant qu'ils ne referment.

Le choc de Wishfield et M'Gana me tombant dessus me ramène au présent. Je ne sais pas combien de temps a passé. Ils me relèvent, enthousiastes. L'effort de concentration, la lutte contre le doute m'ont complètement vidé, et quelque chose s'est cassé dans ma tête. L'impression de ne plus être là, d'avoir déjà tourné la page. Le président a rangé ses téléphones, affiche un sourire épanoui qui fait remonter ses lunettes rondes dans ses sourcils. Ma vente doit être conclue. Quatre buts. A combien de millions pièce, ça n'est pas mon problème.

Les derniers moments du match se déroulent sans moi. Les Italiens enchaînent les actions désespérées et les fautes directes. Ils tentent d'égaliser avec des tirs si mal cadrés que le coup de sifflet final est couvert par les beuglements des *tifosi*, qui insultent leur équipe en continu depuis mon coup franc.

Deux ou trois Lazioles me tapent sur l'épaule dans le genre bienvenue, tandis que je cours vers notre cage. L'Antillais croit que je viens pour lui. Je l'enlace brièvement et le contourne en ôtant mon maillot, que je lance de toutes mes forces en criant :

– Rudi !

Talia l'attrape, le lui donne. Elle m'envoie un baiser de sourire et de larmes. Il brandit le pouce vers moi en serrant le maillot contre lui.

Je leur désigne l'écran géant au-dessus des tribunes, et je rejoins l'équipe.

– Roy Dirkens, après cette rencontre inoubliable où, en quatre buts effectifs, vous vous êtes hissé au rang...

– Ça passe à l'extérieur ?

– Dans le stade ? Oui, oui : votre public en délire vous écoute... Hissé au rang des plus grandes légendes du foot, disais-je, bravo d'abord, et bien sûr la question que tout le monde se pose : comment avez-vous fait ?

Je me tourne vers la caméra que le cadreur tient à l'épaule au milieu du vestiaire.

– Talia, tu m'entends ? Ce que tu vas voir maintenant, c'est pour toi. C'est ma seule façon de racheter ma liberté, et si tu as envie de me rejoindre, ça serait génial, mais tu es libre toi aussi. En tout cas, va voir la gardienne de mon immeuble : elle a des papiers à te faire signer. Et puis j'aimerais bien que tu t'occupes du chien, si tu peux...

– Dites donc, ça c'est un vrai message personnel ! commente le journaliste en me reprenant le micro. Sans être indiscret, je pense qu'il s'agit de Talia Stov, la jeune actrice avec qui on vous voit beaucoup en ce moment... Bonsoir Talia, ajoute-t-il en regardant la caméra. Vous pouvez être fière de notre Roy national... Mais j'aperçois le président Rouffach qui vient d'entrer dans le vestiaire. Alors, président, une réaction à chaud !

Feignant de négliger la caméra, le président s'avance vers moi, les lunettes dans les cheveux, le sourire franc et massif, les deux mains tendues pour me féliciter de l'argent qu'il vient de gagner sur mon dos.

– Manchester, glisse-t-il à mon oreille d'une voix triomphante tout en me serrant contre lui.

Je le prends aux épaules, l'écarte avec une douceur précise et lui fracasse les lunettes d'un coup de boule. Il tombe sur le cul, la bouche ouverte. Les joueurs et le service d'ordre se précipitent vers moi, devancés par l'attaché de presse qui chasse la caméra façon moustique en disant que tout va bien, que ce n'est rien : affaire interne. Je le soulève par le col. Le cadreur s'est tourné vers le journaliste qui glapit qu'on assiste en direct à un pétage de plombs compréhensible à ce niveau de la compétition, alors j'envoie bouler Point-com dans ses jambes. Ils roulent par terre en hurlant, emmêlés l'un dans l'autre ; comme ça je suis sûr qu'au moins quelqu'un portera plainte.

Je rappelle en avançant vers la caméra qui recule que je suis en situation irrégulière en France et que, vu les délits que je viens de commettre, je dois être expulsé immédiatement vers mon pays. Et si jamais je reviens un jour à Paris, ce sera en international avec l'Afrique du Sud, une fois qu'on aura gagné la Coupe des Nations. Parce que je suis sûr d'une chose, aujourd'hui, Natalia. Un rêve qui se réalise, ce n'est pas un rêve de moins.

Récit

MADAME ET SES FLICS, Albin Michel, 1985
(en collaboration avec Richard Caron).

Théâtre

L'ASTRONOME, prix du Théâtre de l'Académie française.
LE NÈGRE — NOCES DE SABLE — LE PASSE-MURAILLE,
comédie musicale (d'après la nouvelle de Marcel Aymé),
Molière 97 du meilleur spectacle musical. A paraître aux éditions Albin Michel.

Composition réalisée par IGS

IMPRIMÉ EN ESPAGNE PAR LIBERDÚPLEX
Barcelone
Dépôt légal Éditeur : 48401 - 06/2004
Édition 1
LIBRAIRIE GÉNÉRALE FRANÇAISE - 43, quai de Grenelle - 75015 Paris
ISBN : 2 - 253 - 10884 - 7